James Nicholson

Wee Tibbie's Garland

And other Poems and Readings

James Nicholson

Wee Tibbie's Garland
And other Poems and Readings

ISBN/EAN: 9783744770415

Printed in Europe, USA, Canada, Australia, Japan

Cover: Foto ©Andreas Hilbeck / pixelio.de

More available books at **www.hansebooks.com**

CUTTY-SARK.

WEE TIBBIE'S GARLAND

AND

Other Poems and Readings.

By JAMES NICHOLSON,

Author of " Kilwuddie," " Willie Waugh," " Father Fernie,"
" Idylls o' Hame," etc.

New and Enlarged Edition.

GLASGOW:
JAMES M'GEACHY & CO., 89 UNION STREET.
1888.

GLASGOW:

HAY NISBET & CO., Printers,

25 JAMAICA STREET.

CONTENTS.

	PAGE
Tibbie her Lane,	9
Tibbie and Madge,	12
Tibbie and her Faither,	16
Wee Tibbie and her Bib,	22
Tibbie's Welcome,	26
Tibbie and the Minister,	30
Tibbie and her Uncle,	34
Gran'faither in the Puir's-Hoose,	39
The Prodigal Faither,	44
Tibbie and Lizzie,	48
The Auld-Farrant Wean,	51
An' I were ance but Seventeen,	53
The Wee Laddie's First Soiree,	56
The Hameless Laddie,	61
Jeanie's Secret,	65
The No' Weel Lassie,	69
The No' Weel Lassie's Dream,	72
The Wee Worn Frock,	75
The Wee Doug's Appeal to his Drucken Maister,	78
The Twa Dougs,	84
The Perplexed Preacher,	89
The Laird o' Derrinane,	93
What's the Matter?	98
Thy Darling is not Dead!	100
Rosamine,	102
The Frichtit Wean,	105
Oor Wee Kate,	116
Imph-m,	118

The Bonnie Templar Lassie, . . 121
A Snooze in the Mornin', . . . 124
What dae ye think o' Jeanie? . . 126
Hither and Yon, ... 128
Whisky's Awa, ... 131
My Bonnie Wee Wifie an' I, . . 132
The Auld Hearthstane, . . . 133
Hoo Things cam' roun' in the Mornin', . 135
Good Templar's Marching Song, . . 137
Who are the Heroes? . . . 138
Ye Daughters of Beauty, . . . 140
Oor Bonnie Wee Bairns, . . . 141
A Faither to ye a', . . . 143
A Plea for the Bairns, . . . 146
Cutty Sark, ... 149
A Kiss frae a Bairnie's Mou', . . 153
An Auld Man's Sang, . . . 154
To the Corncrake, ... 155
Epistle to J. P. Reid, . . . 158
Two Little Maidens Mine, . . 160
Two Little Angels, . . . 163
What's the Matter? (New Version), . 164
Draw them in, . . . 166
An Awfu' Nicht, . . . 169
New Version o' an Auld Rhyme, . . 170
The Fair Maids o' February, . . 171
Fissidens Bryoides, . . . 172
Signs o' Spring, . . . 174
The Deein' Maiden, . . . 176
The Dyspeptic to his Stomach, . . 184
Retaliation; or the Stomach's Reply, . 187

PROSE READINGS—

Geordie Tulloch's Drink o' Soor Dook, . 191
Janet and the Minister, . . . 197
Spitting the Difference, . . . 201

PREFACE.

WHEN the "Garland" first made its appearance, the Wee Tibbie from which it derives its name was then a little girl of ten, and though now she is a married woman, many will yet remember the deep impression she made by her choice rendering of a number of the Dialogues and Readings given in the book. Her pathetic pleading with her "faither" to give up the drink touched the hearts of all who heard her, and was the means of converting not a few to the principles of total abstinence.

Knowing that Thomas Carlyle was favourable to the temperance movement, I sent him a copy of the book, which drew from him a very cordial reply, from which the following is an extract,—

"Mr. Carlyle read your book with real pleasure, and feels great respect for the tenderness, grace, and even pathos in it. He sends his best wishes to "Wee Tibbie," and hopes that she may, by and by, become a very useful member of society. With his best thanks and good wishes for yourself, I am, dear sir, yours very truly,

"MARY CARLYLE AITKEN."

The "Garland" having been for sometime out of print, I have thought fit to issue a new and enlarged edition, including a number of Poems and Readings more recently written, while quite in keeping with the rest of the book.

Thanking my numerous friends for their liberal patronage, and trusting my humble efforts to amuse, as well as to elevate and instruct, may find favour with all, is the highest aspiration of the author.

MERRYFLATS, GOVAN, December, 1888.

WEE TIBBIE'S GARLAND.

———◦———

I.

TIBBIE HER LANE.

It's eerie, oh it's eerie! here,
   To bide ane's leesome lane
In this cauld hoose sae comfortless,
   Especially for a wean;
Gin faither were but at his wark
   I wadna care a preen,
But a' day in the public hoose
   He tines his senses clean!
It's no that he has ocht to spen',
   But drouthies like himsel'
Find ways an' means to get the drink,
   Yet hoo, it's hard to tell;
An' Kirsty Broon the change-hoose wife,
   Nae doot, is sair to blame,
In giein' credit, kennin' weel
   Hoo things are here at hame!

A

Oh gin he wad but fa' to wark
    An' crush the fell desire,
I wadna need to sit my lane
    Withoot ae' spunk o' fire;
But noo that dreary winter's gane—
    The lang dark nichts near by,
An' the frosty winds ootside the door
    Nae langer moan an' sigh,
I'll no be feart to sit my lane,
    To bed I winna creep
To hide my heid an' nurse the thochts
    That winna let me sleep.
An' wha kens but the Lord abune
    May hear my fervent prayer,
An' sen' my faither hame to me
    A sober man ance mair.

My claes are wearin' a' to rags,
    My cheeks are pale an' thin;
My very banes, the neebors say,
    Are wearin' through my skin.
Upon my feet, for months an' mair
    I hae'na had a shae,—
An' oh, to think! that Kirsty Broon
    Should sen' the ither day
An' auld pair o' her laddie's buits—
    No worth a broon bawbee;
But I heav'd them at his muckle heid;
    My sang! I let him see
That though we're puir, we hae a pride
    That Puirtith canna tame—

Me! to insult wi' her auld trash;
    Atweel she micht think shame!
It's no through kindness, weel I ken,
    She sen's sic things to me,
Her conscience winna let her rest,—
    She kens she has to dee!
The siller that should cleed me weel
    She kens for drink she's ta'en;
An' mair sae when she minds that she
    Has bairnies o' her ain!
Oh happy days! oh blissfu' times!
    Ere mither pass'd awa';—
They say I was a weel-faur'd wean,
    An' keepit bien an' braw;
The only cloud that dim'd oor sky
    Was when the pay-nicht cam',
When mither saw, wi' bodin' fear
    His likin' for the dram.

Oh mither! but I'm glad to think
    Ye are'na here to share
Wi' me this weary, weary life
    O' sorrow, want, an' care!
My waefu' thochts ye dinna ken,
    My tears ye dinna see,
Or in my dreams ye wadna come
    An' smile sae sweet on me!
Sweet dreams an' visions o' the nicht!
    Ye've a' the bliss I hae,
For I see the angels in my sleep
    An' hear the harpers play;

An' mither sings a sweet, sweet sang,
　　An' the words are wondrous fine,
For they bid me put my trust in Him
　　Wha blest wee bairns langsyne.

Nae won'er at that blessed name
　　My heart within me warms,
To think he should love bairns like me,
　　An' clasp them in his arms!
The griefs that weigh upon my heart
　　To him I'll freely tell,
An' when he hears, he'll mind that he
　　Was ance a bairn himsel'!
For ane amang thy human flock—
　　For ane gane far astray—
My faither, lang the slave o' Drink
　　For him, dear Lord, I pray! '
O shed the licht o' thy rich love
　　Upon his precious soul;
An' save him frae the demon Drink,
　　For thou can'st mak' him whole.

II.

TIBBIE AND MADGE.

MADGE.

WHAT ails thee, Tibbie, cousin mine?
　　Ye look sae pale an' wae;
Guid bairns should aye be blythe at heart,
　　I've heard my mither say;

Wi' lauchin' an' wi' daffin' we
  Should haud the hoose in glee,
While in an' oot we jink aboot,
  Like maukens on the lea.

Dae ye ken the Spring has come, my lass?
  The hedges budded green,
Ance mair the gowans on the lea
  Look up wi' lauchin' een;
An' the daft wee lambs are loupin' thrang
  Through a' the sunny day;
An' the burnie singin' to itsel'
  Beneath the breckan brae.

TIBBIE.

Oh Madie, dearest! dinna speak
  To me aboot sic things,
E'en Simmer wi' its scented breath
  To me nae pleasure brings;
To me, a' seasons are alike,
  'Tis Winter a' the year,
The sun o' joy that shines to bless
  Sheds nae warm sunlicht here!
                    [*Laying her hand on her heart.*]

Sae lonely is the life I lead,
  Sae cheerless noo oor hame;
Gin folk but look me in the face
  I hing my heid wi' shame;
An' a' nicht lang this waefu' thocht
  Ne'er lets me sleep a wink,—

That faither's gaun frae bad to waur
  Wi' the accursed drink!

MADGE.

Oh Tibbie, but I'm wae for thee,
  My very heart is sair!
An' is there nocht that I could dae
  To mak' thee blythe ance mair?
Come hame to us, my mither says,
  In comfort we'll thee keep,
While in the hurley bed wi' me
  Sae cosily ye'll sleep.

An' lea' thy cruel faither,
  Wha o' thee tak's little heed,—
The a'mry toom! the coals a' dune!
  I won'er ye're no deid!
Ye winna come? ye'd rather dee;
  Ah, Tibbie lass, ye hae
A wee proud speerit o' yer ain,—
  A spice o' temper tae.

TIBBIE.

What! lea' my faither to himsel',
  When maist he needs my care;
Then wha wad sit for him at e'en
  An' help him up the stair?
My faither cruel-hearted! Madge?
  Oh little dae ye ken
That faither's heart! that faither's love!—
  Amang the sons o' men,

There could'na be a kinder heart.
　D'ye ken, he whiles tak's me,
An' faulds me to his sabbin' breast
　While big tears blin' his ee?
But ah! that vile enslavin' drink,
　It hauds him like a spell,
An' when he thinks he's maist secure
　He maist forgets himsel'.

MADGE.

Oh Tibbie! I had maist forgot
　The news I cam' to tell,
I've been up at the Templar's Lodge
　An' noo I'm ane mysel',
My name stan's yonder in their books,
　They ca' me Sister Madge!
An' like the rest, they had me dress'd
　In Templar's snawy badge.

An' oh, the guid that's bein' dune;
　Losh, Tibbie! dae ye ken,
Puir daidlin' bodies by the score
　They're makin' sober men?
An' wha kens what they micht no dae
　To save thy faither dear,
But first ye'll come an' join yersel',
　'Twas that that brocht me here.

TIBBIE.

Oh Madie! if thy tale be true
　I winna yet despair

O' winnin' faither frae the drink,
    An' to himsel' ance mair!
Oh, that to us were but restor'd
    The happy days we spent,
Wi' mither in that humble hame
    Sae fu' o' sweet content.

Aye, Madge, I'll gang wi' thee an' join,—
    Wear ony kin' o' bib;
This nicht ye'll see me at the lodge
    As sure's my name is Tib;
Sae ye'll be owre at aucht o'clock—
    Be sure noo, Madge, an' ca',
For I'll be there, be't wat or fair,
    The foremost o' them a'!

III.

TIBBIE AND HER FAITHER;

OR,

BE SURE AN' DOUK YOUR BANNOCK IN YOUR AIN KAIL PAT.

TIBBIE.

YE'RE early hame the nicht, faither!
    I hope there's naething wrang,
For ance ye're hame at sax o'clock,—
    An' sober tae! my sang!
The pay-nicht, tae, the very nicht
    Ye maist forget yersel',

An' me nae less, yer ain wee Tib —
   Here sittin' by mysel'!
Oh, faither! wad ye but gie owre
   That hatefu' barley-bree—
Forsake for aye the public-hoose
   An' bide at hame wi' me,
The licht o' happiness wad shine
   Ance mair upon our hearth;
An' mak' our hame, sae comfortless,
   A paradise on earth.

FAITHER.

Aye, Tib, gude kens, ye speak the truth,
   For weeks on weeks I've been
A black disgrace, an' thy warst foe,
   Instead o' thy best frien';
An' things I've said an' dune, my lass,
   Wad cost thee many a tear,—
Unhallow'd aiths an' wicked words
   That bairns should never hear!
What's dune we canna mend, my lass,
   But here am I this nicht
Resolv'd, wi' help o' heav'n, ance mair,
   To try an' dae what's richt.
Thank God! my folly I've seen through —
   The secret a' fan' oot,
But sit thee doon, an' hear my lass,
   Hoo a' this cam' aboot.

'Twas jist the day, at dinner time,
   I doun to Luckie Broon's,

Tae pay the lawin I was awn;
   It cam' to three half-croons.
While stan'in' at her kitchen fire
   In Kirsty comes full sail,
An' wi' the spurtle stirs aboot
   Her fat an' savoury kail.
Thinks I, nae won'er than ye're fat—
   Although I ne'er lets on,
But crack'd awa', while frae my pouch
   I ate my dinner scone;
Sae, withoot thinkin' ony ill,
   As we were on the chat,
I gied my piece a hearty dook
   In Kirsty's muckle pat:

When in an instant up she flew
   Like ony tap o' tow;
Her een like lowin' can'les bleez'd
   On me wi' angry glow.
Ye drucken ne'er-do-weel! quo she,—
   Ye guid-for-naething sot!
D'ye see, ye've spoilt my dinner kail!
   Yer dirty scone deil rot!
It's weel for ye, oor Robin's oot;
   My faith! an' he were in,
He'd thraw aboot yer ugly snout
   An' reesle weel yer skin!
Yer touzie beard a' dreepin' wi'
   My bonnie gowden fat,
Gae hame an' douk yer bannock
   In yer *ain* kail pat!

TIBBIE.

A bonnie stock o' impudence
  Her ledyship maun hae,
An' but for thee her kail wad be
  Like muslin in the broo;
Nae won'er she sails in an' oot
  In silken dresses fine—
Wears fancy bonnets on her heid
  An' parasols divine!
Her sonsy sides weel theek'd wi' beef,
  Her face as red's the mune,
Her fingers fat stuck owre wi' rings,
  An' buckles in her shoon.
A drucken ne'er-do-weel, said she?
  Weel, if it comes to that,
It's you an' ithers like ye
  Keep up *her kail pat!*

FAITHER.

The very thing I said, my lass,
  An' pay't what I was awin',
An' noo that I'm come hame to thee,
  Here Tib, haud oot thy han'.
What's left ye'se get it, ilka groat,—
  Five shillings mak's a croon,
An' there's a new half-sovereign'—
  That's fifteen shillings doon',
A saxpence an' a fourpenny bit—

TIBBIE.

A threepenny, if ye please!—

FAITHER.

That's saxteen a' but tippence, Tib,
    Wi' they twa broon bawbees;—
An' mony thanks to Kirsty Broon,
    Her loss to me is gain,
She's brocht me to mysel', an' gi'en
    A faither to my wean;
Henceforth I'll keep my ain fire-en',
    Wi' Tibbie an' her cat,
An' learn to dook my bannock in
    My ain kail pat!

TIBBIE.

But, faither dear! in a' the hoose
    There's neither pat nor pan,
Nor delf, except a broken bowl,
    Forbye a jelly can;
The auld black tea-pat wants the spout,
    An' there's the han'less pail,
Sae, for my life! I dinna see
    Hoo we're to mak' the kail!

FAITHER.

But we hae got the siller, lass!
    Ha, Tibbie! that's the thing
Mak's peasant equal wi' the prince—
    The beggar wi' the king.
We'll want for naething, Tibbie, lass,
    As lang as we hae that,
An' first among the things we need,
    We'll buy a new kail pat.

An' that reminds me, Tibbie, dear!
  Hoo sair I've been to blame
In leavin' thee, puir helpless thing!
  In sic a cheerless hame;
Nae ane to speak a kindly word,
  Whiles naething left to eat,
An' scarce a rag upon thy back,
  Or shoon upon thy feet!

TIBBIE.

Ay, faither, 'twas a weary time,
  My grief nae tongue can tell,
An' aften hae I pray'd the Lord
  To tak' me to himsel'!
An' aften on this lonely hearth
  I've ask'd on bended knee
That God wad touch my faither's heart
  An' sen' him hame to me!
An' God has heard my heartfelt prayer,
  To me restor'd again
My faither's love—oh sweet reward
  For a' my grief an' pain!
Then let me clasp thee to my heart
  An' tell thee a' my bliss,
An' for a token o' the same
  Accept a lovin' kiss!

IV.

WEE TIBBIE AND HER BIB.

A Dialogue.

[The scene represents the father sitting leaning on his staff, and
his little daughter standing dressed in her regalia.]

FAITHER.

Weel, Tibbie, lass, whaur hae ye been?
  Ye're buskit up fu' braw!
Sae blythe ye look, yer buffy cheeks
  Like simmer roses blaw.
I kent yer fit upon the stair—
  Yer han' upon the sneck,—
But whatna daft-like faldaral
  Is that aboot yer neck?

TIBBIE.

A daft-like faldaral, faither!
  It's naething o' the kin';
I wadna gie that snawy gear
  For silken robe sae fine.
D'ye ken I've join'd the Templar ranks
  Alang wi' cousin Madge;
They've listit, testit me for life,
  An' that's oor bonnie badge!

FAITHER.

A badge, my bairn! ou aye, I see—
  That's what they ca' the " bib "?

But dinna hing thy head, my lass;
  Na, na, my darlin' Tib!
Although I like a drap mysel',
  To keep my heart abune,
I dinna want my ain dear bairn
  To dae as I hae dune.

No, Tibbie, since I'm growin' auld
  An' creepin' to the grave,
I maun confess that to the drink
  Owre lang I've been a slave.
It's caused me muckle, muckle woe,
  An' aften dang me gyte;
An' what ye've suffered tae, my lass,
  Is a' yer faither's wyte!

TIBBIE.

Whist, faither dear! nae mair o' that,
  Let bye-gane deeds alane;
Ye're still a faither dear to me—
  To me, yer darlin' wean.
     [*Takes off her regalia and hides it behind her back.*
An' if ye dinna like the badge,
  I'll pit it oot o' sicht;
But I maun keep my vow, faither—
  The vow I made this nicht.

An' I maun keep my Templar badge
  Aye spotless, white, an' pure,
For thy ain sake, for my ain sake,
  While life an' strength endure.

'Twas gi'en me by the president—
 He put it roun' my neck,
An' bade me in God's name preserve
 My soul frae spot or spec.

FAITHER.

O Tib! an' I were young again—
 A pure young thing like thee,
I'd face the foe mysel' an' fecht
 For freedom an' the free.
Sae wear thy Templar's bib, my lass—
 Thy bonnie badge I mean;
For weel I ken through life ye'll try
 To keep it pure an' clean.

TIBBIE.

Thanks, faither! thanks! ye've made me glad
 Far mair than I can tell—
I'll wear't wi' pride;—but, faither,
 Let me see't upon thysel'!
Here, let me pit it owre thy neck—
     [*Clothes him with her regalia.*]
 My sang, but ye look braw!
Haud up yer head!—a blyther sicht
 I'm sure I never saw.

FAITHER.

Tibbie, my lass! an' I but thocht
 The blessed Lord abune
Wad lend his aid to crush the foe,
 This nicht I wad begin!

Wi' thee my angel guardian
  To lead me bravely on,
An' God to help an' haud me up,
  The battle micht be won!

TIBBIE.

Be won! dear faither—what for no'?
  God hears us when we cry!
'Tis He pits sic thochts in oor hearts,
  'Tis He that bids us try;
'Tis He the blessed angels sen's
  To set the prisoners free;
Then, faither, be thysel' ance mair,
  An' God will succour thee!

FAITHER.

Amen! my lassie, may His love
  Still twine aroun' us twa!
Still kindly lead us by the han',
  An' tent us should we fa'!
The best o' us are feckless bairns, .
  An' need a Faither's care,
The bravest need that Faither's help
  Temptations strong to bear!
          [*Takes off the regalia and puts it on Tibbie.*]
Sae, Tibbie, lass, tak' back thy badge,
  It fits thee to a tee;
Nor could it grace a better, fairer,
  Sweeter lass than thee!
An' tell the Templar folks to hae
  A badge for me prepared,

P

For I'll be up on Monday nicht
    To join, if I be spared.

TIBBIE.

O faither, but ye've made me glad—
    Wi' joy I maist could greet;
To see ye wear the bib yersel'
    Will surely be a treat!
The Templar folks will a' be glad
    An' proud to see ye there;
An' since ye've promised, here's a kiss
    To mak' the bargain sure.

———————

V.

TIBBIE'S WELCOME.

TIBBIE.

Oh, faither! are ye hame at last?
    Come ben an' tell me a'
Aboot the lodge; lay by yer staff—
    Daud frae yer feet the snaw.
I ne'er saw you look half sae weel—
    Ye're younger, I declare!
But, losh! yer han's are freezin' cauld—
    Let me draw in yer chair.

Ye see I've on a rousin' fire;
    Tak' aff yer cauld, wat shoon,

An' warm yer taes; I'll ripe the ribs
　　Afore that ye begin.
But say, are ye a Templar noo?—
[*Here the father lays open his coat, displaying the regalia.*]
　　O ho! ye've on the bib!
The thing ye ca'd a faldaral,
　　An' vext yer ain wee Tib.

FAITHER.

Tibbie, my lass, I've dune the job!
　　To drink I've bade fareweel;
Noo, a' my penny siller, Tib,
　　Maun gang for milk an' meal,
An' mony needfu' things besides—
　　New claes to busk us braw;
We'll cock oor beavers, Tibbie, yet,
　　The vogiest o' them a'!

O, Tibbie, but the Templar folks
　　Hae made me blythe this nicht—
The glow o' joy that warms my heart
　　Tells me they're in the richt;
Their solemn words, the heartfelt prayer,
　　Kind faces gather'd roun';
In spite o' a' that I could dae,
　　The tears cam' happin' doon!

TIBBIE.

Ye'd aye a feelin' heart, faither.
　　Yet aye yer ain warst frien',

But oh I'm glad that noo ye'll come
   Straught hame to me at e'en.
An' when the pay comes roun', faither,
   Ye'll gie me a' ye hae,
An' I'll lay't oot wi' a' my skill,
   As mither used to dae.

There's first oor meat, an' then oor claes,
   The rest for stane an' lime—
The rent, I mean—an' then, ye ken,
   I'll hae yer " over-time."
We want a nock to tell the hours,
   A carpet for the flair;
But first o' a' to you I'll buy
   An auld man's easy-chair.

FAITHER.

An' auld man's easy-chair, Tibbie!
   I thocht I heard ye say
That I was growin' young again?
   What though my locks be grey,
I'm still a laddie at the heart—
   This nicht my youthfu' days
Come back to mind—the burnie's sang,
   The birds, the flowery braes.

When simmer comes ance mair, my lass,
   An' bonnie flowerets wave,
Ye'll see me yonder at Dumbreck,
   Oot daffin' wi' the lave.

I won'er if I'll ken mysel',
  Sae chang'd will be my life?
Na, wha kens, but some day I micht
  Bring hame a braw young wife!

TIBBIE.

Sic daft-like things ye say, faither,
  Ye're growin' craz'd, I fear.
Na, na! we want nae women folks,
  Nae cankert stepies here;
I'll keep the hoose mysel'—a wife!
  To rage an' flyte on me—
To waste yer gear, an' break yer heart—
  A bonnie hame 'twad be!

Whaur will ye get a wife like me,
  Sae thrifty an' sae gair—
To hain yer siller, snod the hoose,
  To wash, an' scrub the flair—
To brush yer shoon an' bake yer bread,
  An' a' things safely keep—
An' pray for ye, on bended knee,
  Afore I fa' asleep?

FAITHER.

Tibbie, my lass! 'twas a' in fun;
  Ye hae nae cause to fear;
In life, or death, can I forget
  Thy sainted mither dear?
That patient angel isna deid—
  I see her in thy face—

In ilka movement, look, an' smile,
　　Her semblance I can trace.

Aye, Tibbie! thou shalt keep my hoose,
　　Be mistress o't thysel';
See there's the key, an' here's my purse,
　　What's in't I canna tell.
I'll toil for thee, thou'lt care for me,
　　An' rin wi' eager feet,
To welcome me when I come hame
　　Wi' smiles an' kisses sweet.

TIBBIE.

Thanks, faither, spoken like thysel'!
　　My heart is licht ance mair;
God bless an' keep thee frae a' ill—
　　Frae drink's deceitfu' snare;
A blyther day I couldna hae
　　Through a' my life than this,
Ye hae baith promis'd an' perform'd,
　　Sae weel deserve a kiss.

VI.

TIBBIE AND THE MINISTER.

MINISTER.

Well, Tibbie, how do you do? I am so glad
To see thee look so well, so nicely clad!
And how are all at home? Thy father well?

TIBBIE.

A' weel, I thank ye! hoo are ye yersel'?

MINISTER.

Right well, my lassie! I'm just on my way
To visit a poor father, gone astray!
And by the way, *your* father? ah, that drop!
Poor man! a wreck, I'm told, and past all hope!

TIBBIE.

My faither past a' hope, sir! what dae ye mean?
That shows hoo great a stranger ye hae been.
A wreck, said ye? he's naething o' the kin',
But daein' weel, an' happy in his min';
Wi' me he noo spen's a' his leisure hours
At hame, or in the wuds amang the flowers;
Thanks to the men wha drew him frae drink's flood,
He's noo teetotal an' a Templar guid!

MINISTER.

I beg your pardon, dear, perhaps in this—
Your father's case, I've been somewhat remiss,
The fact is, I've such racing up and down—
My flock are scatter'd over half the town.
He's join'd the Templars? well, that's so far good;
But bibs and banners, child, are not the food
Men's souls require; the gospel, that alone
Is the soul's manna, all else is but stone!

TIBBIE.

An' what's the gospel, sir? but God's guid will,
The blessed tidings that He lo'es us still!

Sae fain to win oor hearts, at ony cost,
He sent his Son to seek an' save the lost.
An' we nae less oor lives should freely spen'
To raise the fa'n amang oor fellow men.
Sic is the gospel oor guid Templars teach,
An' mair nor that, they practise what they preach!

MINISTER.

Why comes he not to church then, Tibbie, dear?—
I mean, your father, whom for many a year,
I've striven to reform and lead to heaven,
While many a sound advice to him I've given.

TIBBIE.

Weel, sir, I dinna ken aboot yer ways,
But I'll jist tell ye what my faither says;
He says that ministers are only men,
Like ithers, maist their thocht is hoo to fen;
'Gainst mammon's godless greed they preach 'tis true,
While tae the gowden calf themsel's they boo;
That drink's a fearfu' curse, nae doot they tell,
Yet tak' their toddy ilka nicht themsel'.

MINISTER.

And what more does he say? go on, my dear!
I'll hear thee out with patience, never fear;
Although, no doubt, thy words are rather plain,
From them, who knows, some wisdom I may gain.

TIBBIE.

Weel, sir, he says, yon parable was gran',
Oor Saviour spak' langsyne, aboot the man,

Wha wounded lay half deid upon the road,
When by there cam' a stately man o' God,
Wha though he saw a brither wounded lie
Instead o' helpin' him, gaed stavin' by;
An' syne cam' by a Levite, fu' o' pride
Wha lampit by upon the ither side.

The next cam' yont was jist a common man,
Wha took his helpless brither by the han',
Syne lifted him upon his cuddie's back,
Bound up his sairs, an' led him in a crack
Alang the road till ance they reach'd an inn,—
Yet even then, awa' he didna rin,
Lea'in' the puir man like a knotless thread,
But gied his a' to ser' him in his need.

Noo, sir, that's jist what oor guid Templars dae
For them wha wounded lie on Life's highway;
To help, an' haud them up their best they try
While ministers an' sic like pass them by.
Nae doot, there are exceptions, ane by ane,
The men o' worth to us are comin' in,—
But sir, I hope ye're no' ill-pleased wi' me
For tellin' ye what ithers say o' ye?

MINISTER.

Ill pleas'd, my child? ah no, thy tale's too true!
Thy faithful words have pierc'd my conscience through,
Too long like cowards we have lagged behind
In freedom's conflict, fought for human kind!
We men of God, should be the first to trample
Down human wrong by setting the example!

Thy hand, my child! and tell thy father dear,
Of me a good report he soon shall hear,
His words through thee, I trust shall put me right;
God bless thee, Tibbie dear! good night!

TIBBIE.

Good night!

VII.

TIBBIE AND HER UNCLE.

UNCLE.

HERE, Tib, I want to speak to thee,—
    Draw in the cutty stool—
I hear ye've join'd the Templar folks,
    Jist like some ither fuil!
I used to think my ain wee niece
    A sensible bit lass,
But och, it seems I'm far mista'en—
    Yer jist a silly ass!

Is that the dishclout roun' yer neck?
                    [*Tibbie starts to her feet.*]
    Dinna be angry Tib!
A what? regalia, is't ye ca't?
    A Templar's slav'ry bib!
It's neither dress nor ornament,
    It's sic a daft-like shape,
My patience! I wad jist as soon
    Pit on a gallows-rape!

TIBBIE.

Weel, uncle dear, it's possible,
    Ye micht pit on some day
The hangman's bib, ye're no' the first
    The drink has sent that way.
But guid forbid that frien' o' mine
    Should get sae in his power,—
But keep yer han's aff, if ye like,
    Nor stain that symbol pure!

The sacred sign o' innocence,
    Sobriety an' truth,
That lend a glory to auld age—
    A charm to smilin' youth.
That gowden badge upon thy breist,
    Compar'd wi' mine, is trash,
A shinin' toy to tell the warl',
    Ye hae a pickle cash!

UNCLE.

Heth, ye've a raucle tongue, my lass!
    Behint thae twa sweet lips;
But what aboot yer secret ploys,
    Yer pass-words, signs, an' grips?
Ye sit wi' double-lockit doors
    Frae aucht o'clock till ten,
An' what ye dae, an' what ye say,
    Yer ain sel's only ken.

Nor only men, but women folks,
    Gang sailin' in in pairs,—

Far better they wad bide at hame
　　An' mind their hoose affairs!
There, lads an' lasses, by the score
　　Meet 'neath the cloud o' nicht,
An' I'm no sure if what they dae
　　Wad stan' the mornin's licht!

TIBBIE.

Ill-daers are ill-dreaders, aye;
　　I'll say't though ye're a frien'—
Auld bachelors like you, bide aye
　　The latest oot at e'en.
Oor Templar lassies yet will prove
　　The pattern o' wives,
An' if ye want to see the proof,
　　Behold it in oor lives!

As for oor pass-words, signs, an' grips,
　　They're things we canna want,
As lang as honest, upricht men
　　Are in the warl' sae scant.
We want nae wolves within oor fauld
　　Oor solemn rites to view,
Sae double lock an' bar oor doors
　　To keep oot rogues like you!

UNCLE.

Jist save yersel's the trouble, Tib,
　　Ye'll never see me there,
Yer solemn rites an' life-lang vows
　　For them wha need them, spare;

Auld Scotlan' ne'er will let ye spaen
  Her sons frae barley-bree,
Thank guidness! I can tak' the drink,
  Or let the drink a be.

Yet that I e'er gaed stoitin' hame
  Nae human tongue can tell,
No, Tibbie! for I've aye the sense
  To templarise mysel'.
They're fuils wha drink till they get fou,
  As great fuils wha abstain,
The wisest man is he that can
  Baith tak' an' let alane.

TIBBIE.

The fuil's aye wise in his ain een,
  Blawn up wi' sheer concait,—
But uncle! dae ye min' the nicht
  Ye cam' hame rather late?
Nae doot ye war 'mang sober folk,
  An' cam' hame like a judge—
A pattern o' sobriety;
  Though no' frae Templar lodge.

Weel, here's a sample o' the sicht
  Next morn that met my een,
When I gaed ben intae yer room
  To snod an' mak' it clean.
There, on the table stood yer boots,
  Yer hat upon the flair;
Yer umbrella in the bed
  A' happit up wi' care.

Yer socks were in yer trousers' pouch,
   Yer watch upon the tray,
While shillin's, saxpences, an' croons
   A owre the carpet lay.
Yer pipe lay broken a' to bits
   The clean hearth-stane upon;
While on the rug the can'le lay
   A' trampit braid's a scone.

An' when I han't ye owre a drink
   To weet yer lips sae dry,
To my surprise, ye still had on
   Yer collar an' yer tie!
An' when I socht yer big-coat pouch
   For something ye had brung,
I fand instead,—aye, ye may glowr!—
   A fashionable chignon.

UNCLE.

Weel, Tibbie, ye're an awfu' wean,
   E'en frien's ye dinna spare,
An' after a' that's dune an' said,
   The wisest need tak' care!
The chiel maun be nae dult, my lass,
   That pouks a craw wi' thee;
Or dreid the lash o' that wee tongue
   That's fa'n sae foul on me.

Ye've stood yer grun' like ony rock,
   Thy badge is stainless still,
'Gainst facts, thae " chiels that winna ding "
   A' arguments are nil.

Sae, Tibbie lass, I maun confess
    Yours is the better plan,
The man that never tastes ava
    Is still the *wisest* man.

VIII.

GRAN'FATHER IN THE PUIR'S-HOOSE.

KATIE.

[With a small basket on her arm.]

WEEL, gran'father, hoo are ye? An'
    Ye're sittin' a' yer lane!
Wi' naebody to speak to ye—
    No e'en a toddlin' wean!
Is this what's ca'd a puir's-hoose? Then
    A sad hoose it maun be
To puir auld folk—at least, I ken
    It wad be sae tae me.
A muckle dungeon o' a place,
    Wi' wa's sae blank an' bare;
Nae kettle singin' on the hob,
    Nor e'en a stool or chair.
Nae pats nor pans, nae bowls nor spoons;
    Nae clear things on the wa',
Nor bellows tae blaw up the fire—
    It's no a hoose ava!

GRAN'FATHER.

I'm gled to see ye, Katie, lass;
    Here sit ye doon by me.
An' hoo are a' the folks at hame?
    Wee Tammy, hoo is he?
An' tell me, is your mither weel?—
    My ain kin' Bessy, dear!
'Twas kin' o' her to let ye come—
    She's far owre kin', I fear.
But, weel I wat, the puir's-hoose is
    Nae better than it's ca'd;
An' yet, Guid kens, it micht be waur—
    Ane canna say it's bad.
We get oor kail, oor duds o' claes,
    Oor parritch, an' oor breid;
An' a hole aneath the grun', my lass,
    To lay us when we're deid!

KATIE.

Wheesht, gran'father, I dinna like
    To hear sic waesome words;
D'ye ken, the ither day, I heard
    The liltin' o' the birds
In yonder wud beside the burn,
    Whaur aften ye've ta'en me
To pu' the primrose on its banks,
    An' daisies on the lea.
But though the birds sang bonnily,
    My heart was sad an' sair;
For the burn seem'd sabbin' tae itsel'
    To think ye werena there;

An' mither, wha was wi' me, could
　　Dae nocht but sit an' greet.
She says an' ye were but at hame,
　　Oor bliss wad be complete!

GRAN'FATHER.

Ah, Katie, lass, ye're but a bairn,
　　An' dinna un'erstan'
The mony ups an' doons o' life—
　　Your day's but in its dawn.
I've had my day—it's a' but spent—
　　Its prime I flang awa';
Noo I maun bear the brunt, my lass,
　　What'er should me befa'.
The siller that thae han's hae earn't,
　　As fast I gart it flee,
Till I became a worthless wicht—
　　The slave o' barley bree.
Sae noo I maun submit, my lass;
　　Frae fate we canna swerve—
It's unco little noo I need,
　　An' far less I deserve.

KATIE.

But, gran'father, it's no like hame—
　　That hame whaur ance ye sat,
Till that sad day the letter cam'—
　　Puir mither! hoo she grat.
For we were a' sae helpless left—
　　Puir orphans, Tam an' me;

c

Yet saddest thocht o' a' to her —
    What was to come o' thee?
But noo she's warsell'd past the warst,
    She keeps the hoose an' mair;
Yet a' her thrift nae pleasure brings
    Since ye're no there to share.
We brawly ken what keeps ye here—
    Ye mauna think me rude
If I come owre her very words—
    She says yer speerit's prood.

GRAN'FATHER.

Prood! lassie mine; I've seen the day
    Yer words micht hae been true;
This speerit, though a prood ane ance,
    Is broken, broken, noo!
It's no for puir auld bodies, Kate,
    To harbour senseless pride;
It's no for Independence in
    A puir's-hoose to abide!
The lessons I hae gather'd here
    Wad tak' a mune to tell;
An' 'mang the lave this hae I learn'd—
    I'm but a bairn mysel':
That there's a Faither owre us a'
    Still watches us wi' care,
Wha fits the burden to the back,
    An' gies us strength to bear!

KATIE.   [*Uncovering her basket.*]

Wheesht! dad, an' dinna vex thysel'—
    See what I've brocht to thee:

A can o' jam, twa Lunon buns,
   Some sugar an' some tea;
Auld folk like you need something guid,
   Coorse meat but fills the wame,
But ah! there's nocht ye wadna get
   An' ye wad but come hame!
Yer chair stan's waitin' by the fire
   In its cosy nook sae warm,
Yer slippers I laid by mysel'
   To keep them safe frae harm.
Wee Tamie thinks ye're comin' hame--
   Yestreen he spier'd at me,
If gran'father wad be his horse
   An' let him ride his knee.

GRAN'FATHER.

I'm gled to think he's like thysel',
   As lovin' an' as kind—
But dainties sic as thae, my lass,
   For me ye needna mind;
Auld folks like me maun learn to be
   Content wi' plainer stuff,—
But stay! there's something here, I'll tak',
   A pickle Taddy's snuff.

                         [*Takes a pinch.*]

Thy mither, Kate, wad work an' wear
   Her fingers to the banes,
To mak' me richt, aye, even stint
   Hersel' an' bits o' weans;
Sae to your mither toddle hame,
   To her a comfort be,

An' leave the auld man to himsel',
  Alane to live or dee!

KATIE.

Ah, yes! to dee, some cauld dark nicht,
  Wi' naebody at han'
To read the looks that lovin' hearts
  Alane can un'erstan';
Nae woman's lips to whisper love,
  An' kiss thy icy broo—
But what is that I see? A tear!
  I ken I'll conquer noo!

GRAN'FATHER.

Ah, winsome Kate! though but a bairn,
  Ye hae a woman's heart.
Yes, dearie! I'll gang hame wi' thee,
  Nae mair again to part.
Thank God! there's this to soothe my briest—
  In puirtith there's nae shame.
I'll gang wi' thee, were't but to dee
  'Mang lovin' hearts at hame.

THE PRODIGAL FAITHER.

ANNIE.

O FAITHER what's come owre ye noo,
  Oot wanderin' here yer lane!
When wild an' wintry blaws the blast,
  An' weetin' fa's the rain.

We've socht ye oot, we've socht ye in,
  Through a' this dismal day;
'Twas early morn when ye gaed oot,
  An' noo it's gloamin' grey;
We wonert when we heard ye rise,
  An' gang sae early oot;
We saw the dark cloud on yer broo',
  Yer face as white's a clout.
Puir mither! she's in sic a state,
  An' Nellie lyin' ill;
Wha, puir wee thing! greets sair for ye,
  In bed she'll no lie still.

FAITHER.

Oh! Annie, haste ye hame again,
  An' lea' me to mysel',
To hurry headlong to the pit,
  Drawn by some demon spell.
I've done my best to blast my bairns,
  An' break their mither's heart,
But noo it's a' come to an en',
  Sae Annie, let us pairt!
Oh, Annie, dear, may Heaven forfend
  That ye should ever be
A thing sae vile, sae lost, accurst—
  A drucken waif like me;
The slave o' drink—that cursed drink—
  The cause o' ilka ill;
An' yet, guid kens, I'd gie the worl'
  To get ae ither gill.

ANNIE.

Then, faither, lea' the cursed drink—
  Resolve to taste nae mair;
An' things will a' gae richt, ye'll see;
  We'll siller hae to ware.
An' puir wee sister yet, wha kens,
  To us may be restor'd;
An' health an' happiness ance mair --
  Smile on us frae the Lord.

FAITHER.

I'm deein' for the want o't, lass—
  I feel the mad desire
Ragin' within this briest o' mine,
  Like red devourin' fire;
Will nae ane tak' this tortur'd life—
  Tak' pity upon me—
An' heave me headlong frae some rock,
  Or droon me in the sea?

ANNIE.

Oh, faither, dinna speak sic words,
  Nor fling thy life awa;
Me an' the lave wad break oor hearts,
  An' mither maist o' a'.
Far rather wad I dee mysel',
  If that wad set ye free;
Then tak' me—kill me, if ye like,
  For I'm no feart to dee.

FAITHER.

Oh, Annie! angel o' my life!
  My ain brave-hearted bairn;
Sic love, so pure, sae undeserv'd,
  Wad melt a heart o' airn.
Oh, Heaven, but hear me promise this:
  If Thou my life shalt spare,
The cursed drink, whate'er betide,
  Shall cross my lips nae mair.
I'll ne'er again, while life shall last,
  Forsake the hame I lo'e;
An' ne'er again a traitor prove
  To hearts sae tried an' true;
An' never mair shall tears for me
  Adcon thae wee cheeks fa',
For I will dae my best to be
  A blessin' to ye a'.

ANNIE.

Oh keep that promise, faither dear,
  An' ask the help o' God,
Wha hears the cry o' contrite hearts
  High in his blest abode.
In Him, wha in his airms langsyne,
  Took up wee bairns like me,
Pit lovin' trust, an' ask His help,
  Wha help alane can gie.
D'ye mind the tale he tauld, faither,
  Aboot the ne'er-do-weel

Whause faither's heart endured the pangs
    That only love can feel;
An' when the Prodigal cam' back,
    He made a joyous feast,
Forgie'd him a' that he had dune,
    An' claspt him to his briest.

FAITHER.

Oh precious words! oh matchless love!
    That same I see in thee!
Come to my airms my ain true heart,
    My guardian angel be!
God gie me health an' strength to keep
    Frae drink's accursed snare,
An' to His holy name be given
    Praise, glory evermair!

TIBBIE AND LIZZIE.

OR THE PUIR'S-HOOSE LASSIE.

LIZZIE.

See yon puir wee lassie, on the pavement a' her lane,
Keekin' at the windows wi' sic a wistfu' ee!
There's nae fun nor daffin' in the heart o' that wean,
But something in her face, Tib, that sadly vexes me!
Glow'rin' at the sign-brods heedless o' the thrang,
Stan'in' an' starin' at ilka thing she sees,
Her wee legs sae weary! she scarce can wag alang
While we on the pavement are playin' at oor ease.

TIBBIE.

Dae ye no' see by the short clippit hair,
She's some ane frae the puir's-hoose, she wears a
    dairy frock?
Shoon an' stockin's on her feet, while oors Liz, are
    bare,
She's far better aff than the weans o' workin' folk.
Sure o' her meals aye, an' keepit tosh an' clean,
Gets milk to her parritch tae, when we hae to want,
A clean cozie bed aye to gang to at e'en,
But no' like us, supperless, when bawbees are scant.

LIZZIE.

Ah, but the puir's-hoose can ne'er be like hame!
Tak' frae us oor mithers, Tib, an' whaur wad we be?
To her, I weel believe, gin ye breath'd that sacred
    name,
Ye'd see the big unbidden tear row doon frae her ee.
Though at orra times, Tib, oor meals be but spare,
We've still a faither's hoose to gae hame to at e'en,
A mither waitin' for us, wi' a mither's lovin' care
To fauld us to her bosom, an' spier whaur we've been.

TIBBIE.

The weans in the puir's-hoose hae within its wa's,
A warl' o' their ain whaur they gambol an' play;
They dinna care a preen for a skelp wi' the tawse,
But fu' o' pranks an' mischief, I hear my faither say.
They get to the kirk, Liz—a place we ne'er see,—
Though maybe no' like some folk, to sport their braw
    claes—

Guid schulin' tae they get, Liz, no' like you an' me,
An' puir folk hae to pay for't, my faither aften says.

LIZZIE.

Ah, dinna envy her, Tib, we're better aff oorsel's,
Dancin' on the pavement, blythesome an' gay;
Awa oot in the wuds we can gather the blue bells,
Though in the kirk, on Sunday, we mayna sing or
        pray.
To her a blessed boon it wad be, I dinna doot
Ae sicht o' the green wuds an' lammies on the lea,
No' ance in a year dae the puir things get oot,
A daisy or a primrose their een never see.

TIBBIE.

Aweel, after a' Liz, I'm wae for the wean—
Still at yon window, but what sees she there?
Dolls an' sic like ferlies, picture books—ah fain
Wad she gae in to buy them, had she ocht to wair.
I'll tell ye what we'll dae, Liz, ye hae a bawbee,
An' I hae the penny yet, I gat frae uncle Shaw;
We'll slip them in her wee han' a gift frae you an' me,
Breathe in her lug a kindly word, syne fast we'll rin
        awa'.

LIZZIE.

Spoken like thysel' Tib, my heart's in a glow
To see that lovin' tear in that dark ee o' thine;
Mair precious in God's sicht is the heart's lovin' lowe,
Than a' the siller in the bank, or diamonds in the
        mine!

THE AULD-FARRANT WEAN.

I won'er to hear folk! losh, what dae they mean?
They pester an' plague me frae mornin' to e'en,
No a word can I speak, be it ever sae plain,
But they giggle an' say, I'm an auld-farrant wean!

What's ancient aboot me?   I'm jist like the lave,
As couthie an' clever, as weel I behave;
Nae doot there's queer thochts whiles comes into my
    brain,
But that's no to say I'm an auld-farrant wean!

I'll no say I'm bonnie, I ken I'm but wee,
But guid gear's row'd up in wee bundles, ye see;
Like ithers, I hae jist a way o' my ain,
A bit temper forbye, but we'll let that alane.

Jist spier at my mither hoo weel I can work,
At cleanin' an' scourin' I'm jist a wee Turk,
Though I blacken my face whiles as weel as the stane,
But that's no to say I'm an auld-farrant wean!

The cradle I rock while my lessons I learn,
I brush faither's buits an' I sing to the bairn;
I prig doon the butcher the siller to hain,
Is't that gars folk ca' me an auld-farrant wean?

Ye'll min' I'm no sleepin', though whiles I may wink;
Though my tongue may be still, I hae aye my ain
    think.

The lads an' the lassies, when courtin' fu' fain,
Should min' in the hoose there's an auld-farrant wean!

Fu' brawly I ken wha oor Jeanie likes best,
E'en Aggie hersel's keekin' oot o' the nest;
She thinks nae ane kens, but she's sadly mista'en,
But that's no to say I'm an auld-farrant wean!

Oor minister cam' in to see us ae day,
To hear us oor questions an' say his bit say;
Quo I, if ye please, sir, wha was Mrs. Cain?
Quo he, Siccan subjects are no for a wean.

When he spier'd me the date when oor first parents
    fell,
Quo I, Maister Kuirk, dae ye ken it yersel'?
Then he gaed me a glow'r that a cuddie micht spaen,
As muckle's to say, Ye're a droll kin' o' wean!

Oor dominie, tae, thinks he's king o' his craft,
Though he lounders the weans like a body gane daft;
To me—for a won'er—he ne'er lifts the cane,
But he nichers an' says I'm an auld-farrant wean!

Ae day a droll question at me he did spier—
What made the days shorter when winter drew near?
Quo I, it maun be they wauk in wi' the rain,
Then he leuch an' he says, Ye're a deil o' a wean!

There's auld faither Fernie, clean gyte aboot flowers,
Aboot fossils and ferns he will blether for hours,

He'll trace ye oot leaves in the heart o' a stane,
Ye micht as weel say *he's* an auld-farrant wean!

He's a queer kin' o' bodie, yet weel he lo'es me,
An' says I'm to him like the dew to the lea;
I've an auld heid, he says, maist as auld as his ain,
Nae won'er they ca' me an auld-farrant wean!

But say what they like, I'm no carin' a preen,
I'll gang my ain gate, an' jist be what I've been;
As lang as they daut me an' dinna complain,
They're welcome to ca' me an auld-farrant wean.

AN' I WERE ANCE BUT SEVENTEEN.

A NEW LILT FRAE THE AULD-FARRANT WEAN.

It's an unco worl' noo a-days;
Sic on-gauns I hae seen mysel'—
Clean tapselteerie, mither says,
An' she's a sharp ane, min' I tell!
There's my wee gilpy cousin Kate,
Gangs courtin' wi' the lads at e'en;
She's no like me, for I'll jist wait
Till ance I'm big an' seventeen.

Wee smouts that should be buskin dolls,
Thrang cockin' up their nebs to men;
Far liker they were darnin' holes
Or snodin up their ain fire-en'.

It's no to hae a bonnie face,
It's no in dress, though e'er sae bien,
It's maiden modesty an' grace
That lends the charm to seventeen.

The laddies, tae, think they are men
As soon's they learn to smoke an' swear,
Bide oot at nichts till after ten
An' keep the auld folks hearts in fear.
Forbye, a lass ilk ane maun hae,—
Big strappin hizzies like oor Jean;
Pretendin' they've moustaches tae—
Aye, lang afore they're seventeen!

There's cousin Will, the silly ass,
Ae day he's scriblin' at a letter;
D'ye ken, quo he, it's to my lass?
Quo I, a scone wad ser' ye better.
Sic coofs should first learn hoo to read
An' scart their parritch cogs at e'en.
My sang! frae me they'll get a screed
An' I were ance but seventeen!

Puir things, they're no the maist to blame,
The glaiket hizzies them encourage;
Lassies should learn to guide a hame,
Afore they talk o' love an' marriage.
I fash my heid wi' nae sic things—
For lads I dinna care a preen,
It's time enough to spread my wings
When ance I'm big an' seventeen!

It's alter'd times, my mither says,
Sin' she was but a gilpy lassie,
A jupe an' coat were her braw claes,
Instead o' silks to soop the causey.
Nae panniers like cuddie creels
Roun' lassies' henches then were seen;
Nor leather stilts aneath their heels
To mak' them look like seventeen.

Their gouns were made baith side an' wide—
But didna stan' oot like balloons;
Their hair in ringlets wav'd wi' pride,
An' no like haystacks on their croons.
Nae veils to hide their faces fair,
An' quench the blythe blink o' their een:
The maiden blush that's noo sae rare
Was common then at seventeen.

Guid lassies, then, aye thocht it best
To plenish first, an' mak' things cozie;
Wee birds, ye ken, first big the nest
Afore they cuddle in the bosie!
An' jist like wee birds in the wuds
Young lassies should bide in at e'en —
Fa' tae an' mak' or men' their duds,
At least, till they are seventeen.

An' like wee birds, young married folk
Are sure to hae wee rosy buddies;
But first, o' claes I'd hae a stock,
An' no hae them gaun bare like scuddies.

To see them todlin' roun' my chair
An' me amang them like a queen,
Their faither's blythe fit on the stair—
It's a long time yet till seventeen!

Oh happy times, when beards were shav'd,
An' folk a' leev'd a happy life;
When ilka man was weel behav'd
An' socht aye for a virtuous wife.
But noo, alas! it's drink an' spen',
An' spen' an' drink wi' foe an' frien';
I'd snap my fingers at sic men
An' I were ance but seventeen!

For I'm a Templar staunch an' true,
Ye'll see that by the badge I wear,
There's nocht I wadna warsle through
To keep unstain'd that symbol dear!
Awa' wi' lads that lo'e strong drink!
Awa' wi' a' that's base an' mean;
Frae me they wadna win ae blink
Though I this nicht were seventeen!

THE WEE LADDIE'S FIRST SOIREE.

Hurrah! mither, yon's the soiree!
Sic lashins o' cookies an' tea,
Sich lauchin' an' daffin' an' a' for half naething;
My! yon's the guid bargains for me.

An' the weans, mither, made sic a din,
They were a' in sic haste to begin;
Baith laddies an' lassies in Sabbath-day dresses,
Sic crushin', ye scarce could get in.

First, the stewards cam' ben in a flock
An' han't each a big paper pock,
A' sae nicely row'd up, by the side o' ilk cup
They laid them, but ne'er a word spoke.

Weel, I open'd mine oot wi' great care,
Jist to tak' a bit keek, an' nae mair;
An' there sic a touroc o' guid things to glow'r at!
Ye winna guess, mither, I'm sure!

First, there was a fat London bun,
Twa biscuits new frae Gray an' Dunn,
A shinin' roun' cookie, forbye a wee nickie,
Were into 't, as sure as a gun!

Some greedy ane's tried to get twa,
While some fell to hand an' to draw
An' ding the pocks, but when I look'd roun',
My ain yin was aff an' awa!

Sae wi' naething afore me to eat,
I felt jist as if I could greet,
When a kindly wee queen wi' twa bonnie blue een
Rax'd owre wi' a smile oh sae sweet!—

Sayin', "hae laddie, there's half o' mine,"—
Oh it's guid to be couthy an' kin'!

D

But I jist took a bake, to eat for her sake,—
  It wasna' for greed, ye'll keep min'!

Noo, a ser'er come roun' in my need
  An' he gi'es me some biscuits an' bread,
Sayin', "Min' ye be smart an' tak' yer ain part,
  Or they'll steal the twa lugs frae your heid!"

Syne, the Chairman stan's up 'mang them a'
  An' he says, " On the Lord let us ca'"
While sae solemn his face, as he said the lang gr
  Owre the hoose ye micht heard a preen fa'.

Ance mair we're a' shoutin' wi' glee
  As the stewards cam' in wi' the tea;
Guid measure we get, an' it's real pipin' het,
  Jist a wee thocht owre muckle for me.

Jock Gentles, wha sat by my side,
  Till the tea grew mair cuil wadna bide,
Sae he at it like fung an' he scadit his tongue,
  Till wi' pain an' vexation he cried.

Ye ken, mither, wee Aggie Dunn?
  Weel, to hers she had hardly begun,
When slie Archie Hogg gied her elbow a jog
  An' doun gaed her cup to the grun'.

Syne up Aggie springs wi' a jump,
  An' cam' against me sic a thump,

Gart the tea pipin'-het, jaup oot o' my flet
  An' splash owre wee Pate wi' the hump.

  Sic a rackit they made, ane an' a'
  As the dishes were clearin' awa',
The lassies they tattled, the laddies they rattled,
  While ane like a cock tried to craw.

  Syne the laddies their toom pocks they blew
  Till black in the face ilk ane grew,
Sic loud shots they gied, jist like pouther an' lead,
  Ye'd thocht ye were at Waterloo.

  " Silence!" cried the Chairman, "less din!
  Dae ye think it's a bedlam we're in?
If ye dinna be quate, an' sit still on your seat,
  O' sweeties ye shanna get ane!"

  My sang but that soon made them douce!
  For ilk ane grew as quate as a mouse,
Then the singin' began, an' losh me, it was gran !
  An' we cheer'd like to bring doun the hoose.

  Maister Simpson, in his funny way—
  That's the man wi' the whiskers sae grey—
Sic queer stories tauld, gart sae lauch young an' auld,
  Ye micht tied us a' up wi' a strae.

  An' Nicholson, though he's nae youth—
  That's the man wi' the hair roun' his mouth—

Seem'd quite in his glory while tellin' the story
  O' Tam wi' the sugary tooth.

  The singers, hoo sweetly they sang
  While loud the piano did bang!
An' we ruff'd an' we roar'd, an' cheer'd an' encor'd,
  Till the nicht wi' oor glad voices rang.

  Ae minister gied us a speech,
  That was dry as the leaves on the beech,
As lang as a tether, some said 'twas a blether—
  Folk shouldna gae there for to preach.

  But, mither, see here what I've got—
  Buns, oranges, bakes, sic a lot!—
For Mattie an' Mary, an' Gracie an' Cary,
  An' baby, though sic a wee tot.

  Noo, mither, that's something for you;
  An' wee totie, here's a wee hue
O' raisins—ae sweetie; dear me! it's a pity
  Oor pouches they didna fill fou.

  But, mither, dae ye no think wi' me
  That the kirk-folks micht somehoo agree,
To gie us a feast, ance a week at the least,
  Wi' lashins o' cookies an' tea?

  What! ye say I'm a haveral wean,
  That the cookies hae gaen to my brain!
Na, na; but I'm sleepy, sae I'll aff to my creepie,
  An' dream the thing a' owre again.

THE HAMELESS LADDIE.

" HE's a puir, wee, hameless laddie!" that's what they
    say o' me,
They wha hae kind love in their hearts, saft pity in
    their ee;
But selfish hearts for sic as me hae nae kind words
    to spare,
Their e'en like prison-windows tell when love's a
    stranger there.

A kinder man than faither ance, I'm sure, was never
    seen,
An' sair he wrocht an' nobly focht to keep us hale
    an' bien;
My mither sang like ony bird—her sangs I mind
    them weel—
For she was then a happy wife, an' he a husband leal.

O hame, sweet hame! dear to me yet; a paradise on
    earth;
Wi' cloudless sky the days sailed by till sister Katie's
    birth;
Then days o' gloom fell darkly doun, wi' blinks o'
    joy between,
An' aye I won'ert when I saw the tears in mither's
    e'en.

An' syne my claes brak' oot in holes, oor meals were
    scant an' puir,
Oor furniture gaed stick by stick, a' but ae broken chair;

An' faither was sae alter'd noo, sae chang'd, jist only
think—
He sware that he wad kill us a' unless we gied him
drink.

O drink, vile drink! the source o' woe, the curse o'
workin' men—
That turns sweet hame, man's heaven below, into a
demon's den—
That kills the joy in bairnies' hearts, an' drives them
in distress
To wander hameless, like mysel', in rags an' wretched-
ness.

An' when wee Katie she fell ill, my mither tint a'
heart,
We lo'ed an' priz'd ilk ither sae, we couldna think
to part;
Yet paler grew the wee sweet face, the wee feet cauld
as lead,
An' when next morn I spiered for her, they tell't me
she was deid.

An' when a' drest in her deid claes, I saw her lyin'
there,
I couldna think that she was deid, she looked sae
sweet an' fair—
Jist like a sleepin' angel wi' the smile yet on her
cheek,
An' when I kiss'd her cauld, cauld lips I thocht my
heart wad break!

Syne faither gaed frae bad to waur, a wreck upon
    life's shore,
My mither, hameless like mysel', was forced to seek
    the door
O' yon big hoose upon the hill, the prison o' the puir,
Whaur she, I fear, will break her heart, for there's
    nae comfort there.

An' there they'd hae me gang mysel', to eat a pauper's
    bread,
But rather than gang sic a gate I'd lay my hameless
    head
Wi' Katie in the auld kirkyard, whaur grass an'
    gowans wave—
The only spot left dear to me, my puir wee sister's
    grave.

An' there I'm gaun this very nicht to sit a' by mysel',
But no to greet an' break my heart—I've ither news
    to tell,
Something will mak' her wee heart gled, an' join wi'
    me to bless
The only frien' wha help has gien to me in my distress.

Oh, Katie! can the tale be true—the tale I heard him
    tell?
That ye're no deid but leevin'—lauchin' like yer happy
    sel',
In sunny mansions o' the blest, withoot ae thocht o'
    care,
Save for thy lanely brither, hoo wi' him thy bliss to
    share.

He's ta'en me hame wi' him to dwell in his ain cosy
    beil,
I've walth to eat, he's gien me claes, a pair o' shoon
    as weel;
He says he'll put me to a trade as soon's I learn to
    read,
An' sae wi' ither honest folk wi' pride haud up my
    heid.

An' this guid man, wha drew me oot o' puirtith's
    hungry wave,
Is only ane o' mony mae wha've vow'd to seek an'
    save
The victims o' the cursed drink that swarm in every
    toun—
The Templars guid, wha'd shed their bluid to ding
    the traffic doun.

An' in their ranks, I'm tauld, there's room for bairns
    like you an' me,
Amang the lave I'll tak' my place—a freeman 'mang
    the free!
An' then my faither yet—wha kens?—to temperance
    I may gain,
My mither sit an' smile ance mair upon her ain
    hearth-stane.

Noo, Katie, ye'll be there, I ken, to bless us wi' thy
    smile,
To hide frae us the hatefu' past, an' oor sad thochts
    beguile;

An' when the sun lichts up the hearth, I'll think that
    ye are there—
Jist sittin' as ye used to sit in yer ain wee rockin'
    chair.

But dinna think I'll e'er forget—although nae mair
    ye sleep—
Thy wee green grave in yon kirkyard; still through
    the yett I'll creep,
An' there wi' snawy daisies I will deck its green sod
    o'er,
An' tell ye a' that's in my heart, as I hae dune before.

JEANIE'S SECRET;

OR, WHAUR THE WEANS COME FRAE.

"Oh, Mary! I've sic news to tell!
  I can hardly believe't yet mysel'—
At the deid hour o' nicht, lang afore it grew licht,
    There cam' to the warl a wee wean,
        A' its lane;
  O there cam' to oor hoose a wee wean!

"Dae ye ken, when I heard its wee greet,
  It jist min't me o' lambs when they bleat;
An', Mary, he'll be sic a brither to me,
    For he'll grow up a stuffy wee man;
        An' it's than
  He'll stan' up for me like a man!

" It's nae bigger than your muckle doll;
　　An' it cam' withoot claes; isn't droll?
No a shae on its feet, an' it hasna ta'en meat
　　　Sin' the very first hour that it cam'—
　　　　The wee lamb!
　　It's ne'er tastit a bite sin' it cam'."

" A wee wean! Jeanie Bain, did ye say?
　　Preserve us! an' whaur cam' it frae?
Did it come o' itsel'? did it ring the door bell?
　　　Losh me! an' wha tell't it the road?
　　　　It's sae odd
　　That the wee thing should fin' oot the road."

" Hoots, Mary! is that a' ye ken?
　　Weans dinna come toddlin' ben;
It was Doctor M'Gouch brocht it hame in his pouch—
　　　Brocht it hame jist to mither an' me;
　　　　But ye see
　　It belangs mair to mither than me."

" Withoot claes? Jeanie Bain, the wee dear!
　　Has the auld doctor grown sic a bear?
To cram in his pouch a bit wean, the auld wretch!
　　　O it really was very ill dune—
　　　　What a sin!
　　I ne'er wad ha'e thocht it o' him."

" But, Mary, keep min' it's sae wee;
　　Oor doctor, he'd no' harm a flee,

He's sae canny an' kin'—O weel, weel I min'
    Hoo the tear drappit doun frae his e'e
        When puir me!
    Lay sae ill that a' thocht I wad dee."

  " But Jeanie, lass, here is the thing—
    Whaur gets he the weans hame to bring?
Dae they grow on the oaks, or come oot o' kail-stocks
    As aunty has aften tauld me?
        But may be,
    It's only a great muckle lee."

  " Weel, Mary,—but mind—ye'll no tell?
    For it cam' frae the doctor himsel'—
In a muckle kist, whilk is a' quiltit wi' silk,
    They are left wi' the doctor to keep,
        An' they sleep
    A' day lang, an' gi'e never a cheep.

  " Sic a beautifu' sicht ye ne'er saw,
    For like wee waxen dolls in a raw
They lie cheek to cheek, a' sae cosie an' sleek,
    Till somebody wants ane awa'—
        Maybe twa;
    Syne the doctor jist slips ane awa'."

  " Oh, Jeanie! what wad I no' gie
    Sic a kistfu' o' cuddlers to see;
The wee sarkless bodies! they'll jist be like scuddies
    Asleep in their warm fuggie nest,
        A' at rest,
    Jist like birds in a wee fuggie nest.

" Sae they dinna grow oot o' kail-stocks?
   Then wha pits them intil the box?"
" 'Tis the angels, dear Mary! wha lovingly carry
   The bonnie wee tots frae afar,
      Frae some star,
   Whaur the pure an' the beautiful are."

" It's a strange tale ye tell, Jeanie Bain;
   But—but what did ye gi'e for your wean?
For mither, d'ye see, has nae weans but me—
   Except Jock, an' he's aff to the schule,
      The big fule!
   It's muckle he'll dae at a schule."

" Oor wean! it wad cost—let me see—
   Far mair siller than ye ha'e to gi'e;
For auld Doctor Mac waled the best in his pack,
   I'se warrant 'twad cost a poun' note,
      Ilka groat;
   Oh, I'm sure it wad cost a hale note."

" A poun' for a wean withoot claes!
   My sang! weans are weans noo-a-days;
I could get a big doll, clad frae heid to the sole,
   For the half o' the siller, I guess—
      Aye, an' less,
   An' that's no' countin' ocht on the dress.

" An' forbye, oor doll-weans dinna greet,
   An' they leeve a' day lang withoot meat;

They need nae new shoon, for the auld ne'er gae dune,
  An' there's this to be said, Jeanie Bain,
    It's my ain!
  An' ye canna say that o' *your* wean!"

  "No my ain, Mary! what dae ye mean—
  Will't na lie in my bosom at e'en?
My mither, nae doot, whiles may nurs't when I'm oot,
  Bnt wha'll gie't its saps, but jist me!
    Sae ye see
  It belangs baith to mither an' me.

  "It's true, your doll-weans dinna greet,
  No, nor lauch, nor yet waggle their feet,
An' they canna play 'goo!' wi' their wee rosy mou',
  Hum! a doll wi' a wean to compare!
    I declare!
  They're worth dolls a thousan' an' mair!"

THE NO' WEEL LASSIE.

  "Come, faither, sit ye here by me, an' tell me whaur
    ye've been,
For sin' ye left at early morn I haena closed my een;
O weary, weary is this life o' sickness an' o' pain!
I aften think, when a' my lane, I'll ne'er grow weel
    again.

"It wad be sad to lea' ye a', to lea' the blessed sun,
To lea' ye when the sweet Spring-time is hardly weel
  begun—
But tell me whaur ye've been, faither, what ferlies
  did ye see?
An' hae ye brocht the wee Spring flowers yestreen ye
  promised me?"

"I thocht you were asleep, Annie; I saw the morn
  was fair,
Sae hied awa' oot to the fields to breathe the caller air;
To breathe the caller air, my lass, an' scent the
  openin' buds,
An' seek for bonnie blossoms in the lown neuks o'
  the wuds.

"An' there beneath a bushy bield the first primrose
  I saw,
In its wee nest o' crimpit leaves fu' bonnie it did blaw;
The daisy, tae, was spreadin' her white stars upon
  the lea,
An' sweetly bloomin', in the shaw, the pale anemone."

"O, faither, that I had been oot wi' thee this sunny
  morn,
To scent the odour o' the larch upon the saft winds
  borne;
But let me see the bonnie flowers! ah, faither, ye're
  to blame;
Ye should hae brocht them hame wi' ye, ye should
  hae brocht them hame!"

"Syne, Annie lass, I took the path that winds beside
  the stream,
Whaur brambles trail their purple stems, an' snawy
  starworts gleam;
An' there upon the sunny bank beneath the souchin'
  pine,
I saw the gowden starnies o' the little celandine."

"O bonnie flowers! my ain wee flowers! O, that I
  ance were up!
I think I see that gowden ane jist like a buttercup;
Ye micht, at least hae brocht me that—ah, faither,
  ye're to blame!
Ye should hae brocht them hame, faither, ye should
  hae brocht them hame!

"If I were in the wuds, faither, an' ye were lyin' here,
I'd be the first to bring to ye the wild flowers o' the
  year;
Forbye, ye ken, ye promised me afore I fell asleep
That ye wad bring them hame to me, sae noo your
  promise keep.

"I see a smile upon thy face, ye're makin' fun I see;
What's that ye hae ahin your back a-hidin' sae frae
  me?
Ah, ha! ye rogue, I've fand ye oot, I see yer no to
  blame,
Ye've kept your promise, here's a kiss for bringing
  me them hame!"

THE NO-WEEL LASSIE'S DREAM.

"Are ye wauken, dearest Annie? I am blythe to see
    ance mair
The glow o' health upon thy cheek, thy smile like
    sunshine rare;
But there is something on thy mind ye fain wad tell
    to me,
I see it on thy thochtfu' broo, I read it in thine e'e."

"I'm glad ye hae come in, faither, for I've had sic a
    dream;
I saw the angels roun' my bed, their snaw-white
    garments gleam,
I thocht to rise but couldna, for my limbs were cauld
    as lead,
An' I heard the angels whisper low, 'the puir wee
    lassie's deid!'

"Then the strange sweet hymn they sang in a deep
    sleep made me fa',
An' when I waukened sic a sicht nae mortal ever saw,
Sae mony fair young faces o' bairns jist like mysel',
Their voices ringin' loud an' clear like bonnie siller
    bell."

"O Annie, dear, ye've been in heaven, the Lord wha
    brocht ye there
Aft times in visions o' the nicht reveals its glories
    rare;

But tell me a' thy dream, my lass! the sichts ye saw
    aboon,
An' if ye had a thocht to spare for them ye left
    behin'?"

"Their claes were like the sun, faither, that shines
    at early morn;
I gazed in wonder on them a' like ane jist newly
    born,
They claspt me to their lovin' breasts, an' kiss'd me
    owre an' owre
As I sat 'mong scented roses in a bonnie sunny bower.

"The trees aboon oor heids drapt doun their flowers
    o' white an' red,
While lauchin' bairnies gather'd them to mak' me a
    saft bed;
The branches made sweet music as the winds did
    saftly blaw,
While sweetly frae the distance cam' the sough o'
    waterfa'.

"Yet for a' I wasna happy, mournfu' thochts within
    me grew,
Though lambs were sportin' at my feet an' birds
    aroun' me flew;
For I thocht me o' the folk at hame, my mither
    greetin' sair,
You, faither, weetin' wi' yer tears the wee deid facie
    there.

E

" The angels saw an' kiss'd awa' the tears that wat
    my cheek,
Sae fu' o' sympathy themsel's to me they couldna
    speak;
But they made a cradle o' their airms an' laid me
    saftly there,
Then ere I wist awa' they flew owre leagues o' land-
    scapes fair.

" They said we'll tak' ye to a place whaur love alane
    is law,
To ane wha frae thy lovin' heart will drive sad thochts
    awa',
To Him wha bless'd wee bairns langsyne an' took
    them on His knee,
Caress'd an' kiss'd them ane by ane, jist puir folks'
    weans like thee.

" Then on a spot besprent wi' flowers they set me
    gently doun,
While saints an' angels han' in han' in wonder gather'd
    roun',
An' there stood ane among them a' by saint an' sage
    adored,
He claspt me in His airms, an' then I kent it was the
    Lord.

" 'Twas then my griefs were a' forgot, my heart wi'
    rapture burned,
I kent He wad dry up the tears o' them for me wha
    mourn'd;

An' when He whisper'd 'Annie, dear! lay a' thy griefs
    on Me,'
I lookit in His face an' said I think I'll bide wi'
    Thee.

" Then high in Heaven arose the strains o' the angelic
    choir,
Their jewel'd fingers swept the strings, an' smote the
    trembling wire,
But when the gatherin' host aboon took up the joyous
    theme,
Their loud hosannas wauken'd me, an' that was a'
    my dream."

" 'Twas He, an' nane but He, Annie, thy King an'
    lovin' Lord,
Let us accept it as a sign thy health will be restor'd,
An' no as some wad gar us think ye're gaun to lea'
    us noo;
God grant it may be mony years before thy dream
    come true."

THE WEE-WORN FROCK.

Oh, there's mony a sad sicht in this big busy toun,
    An' waefu' things happenin' on ilka haun',
But I saw a sicht yestreen brocht the tears happin'
    doun—
    'Twas a wee lassie's frock hingin' up in the pawn

Hingin' by itsel' in the window sae wide,
   A spectacle to a', but a blythe sicht to nane—
The wee soople sleeves hingin' doun by the side,
   As if wae for the loss o' the absent wean.

Oh, what could it be gart my heart fill sae fu'?
   It's no aboot the frock that I mak' my sad mane,
But the wee thing that wore it—oh, whaur is she noo?
   An' is there naething left noo to hap the bit wean?

It wasna a new frock, nor fitted to adorn
   Some wee elfin princess, or fairy, I fear;
Ae button aff the sleeve, an' the hem a kenin' worn—
   In short, jist a frock fit for ilka-day wear.

I couldna help thinkin' that day it was new
   Hoo the wee han's wad clap when the bairnie gat
      it on;
Hoo her wee gleesome lauch wad ring the biggin'
      through,
   While her joy-lichtit een like twa clear starries
      shone.

What can it be ava' that sae quenches the heart's lowe,
   An' mak's folk sic monsters, it's hard to un'erstan';
If ocht-ane wad think—could that mither's bosom
      thowe,
   It wad be that wee frock in the window o' a pawn.

I think I see the wee shouthers frockless an' bare,
   Shiverin' wi' the cauld, saying, "Mammy, are ye
      gaun

To buy me a new ane? if sae, I dinna care,"
   Ah me, she disna ken it's awa' to the pawn.

Oh, dool on the mither that could rob ane sae wee!
   Her ain flesh an' bluid tae, an' a' for a groat;
A woman sae heartless—an' mony sic there be—
   1 wadna like to lippen wi' my purse or my throat.

There's something wrang at hame, some wolf in the
     fauld,
   Or sichts like thae in pawnshops oor een wadna see;
Wha kens but 'neath the green sod her wee heart lies
     cauld—
   At rest the wee han's that pu'd gowans on the lea.

Far better it were sae, that the wee thing were deid,
   An' hame amang the angels—to lauch, sport, an'
     play,
Than wi' a drucken mither sic a waefu' life to lead;
   Lord, drive awa' the drink curse, we earnestly pray

O Scotland, the canker is bred in thy banes!
   Owre weel we a' ken what mak's sic miserie!
What strips aff the frocks o' thy guileless wee weans,
   An' brings the saut tear to my puir Muse's e'e.

THE WEE DOUG'S APPEAL TO HIS DRUCKEN MAISTER.

[*Suggested by seeing a little dog sitting at the door of a public-house, and looking anxiously toward the interior, where stood a man, apparently its master, very much intoxicated.*]

PART I.

O COME awa! dear maister mine, ye maunna langer
    stay,
The mornin' sun is spielin' up the gowden heights o'
    day,
Ye ken we hae'na been at hame sin' yesterday at
    three;
Forbye, the whisky folk frae ye hae ta'en yer last
    bawbee.

Wee Johnnie 'll be greetin'—his puir mammy be sae
    sad—
An' Jeanie lookin' a' the hoose, aye spierin' for her
    dad;
Nae won'er we hae scrimpit meals, an' sometimes
    nane ava,
When there's nae siller in the hoose to keep fell want
    awa'.

They'll won'er whaur their duggie is—puir things
    they dinna ken
I'm watchin' owre their faither in the drunkard's
    laithsome den;

Yet sweet reward for a' my care, ance hame, they'll
    cuddle me,
An' Jeanie frae her wee white han.' her sugar'd piece
    will gie.

O wae betide the whisky folk, they rob puir workin'-
    men,
Then fling them oot like ne'er-do-weels, when they've
    nae mair to spen';
I dae my best to keep ye oot, an' mony a kick I thole,
But when yer in I'd easier draw a badger frae its hole.

'Twas jist yestreen nae far'er gane, I saw that ye war
    fou,
Sae gie'd a bark to wauken ye, an' gie'd your breeks
    a pu';
When at me ran the whisky man, an' drew me sic'na
    kick,
It sent me yowlin' frae the hoose, sair limpin' wi' the
    lick.

'Twasna' for a' the din I made that set the loon on
    me—
He kent ye had some siller left to spen' on barley
    bree;
But haud a wee, I'll seize him yet, an' gie him sic a
    rug,
He'll think twice ere he lift his fit to ony puir man's
    doug.

It's no' alane the misery ye bring upon yersel'—
Ye'll bring yer bairnies to disgrace, an' break the
    heart o' Nell;
Ye'll sune be oot o' hoose an' ha'—an' harken, in yer
    lug—
Ye'll maybe miss, when I am deid, yer ain bit tousie
    doug.

Ye'll no hae me to warn ye o' horses, gigs, an' cars,
Nor watch when ye are sleepin' fou beneath the pale
    nicht stars;
What ither doug wad thole yer cuffs an' lead ye safely
    hame,
An' follow ye through win' an' weet—aft wi' a hungry
    wame!

Ye min' that awfu' winter nicht ye lay amang the
    snaw,
Cauld sleet an' drift fell frae the lift, the win' did
    fiercely blaw;
To keep ye warm an' safe frae harm, I lay upon your
    breist,
An' ilk ane said ye aw'd yer life to me, yer faithfu'
    beast.

Ye wer'na aye sae fond o' drink—it was a happy hame
When wife an' bairns, guidman an' doug, join'd in
    the blythesome game;
We then had walth to eat an' drink—braw claes for
    kirk an' fair—
An' o' the best, amang the rest, yer douggie got his
    share.

But win' an' weet, the want o' meat, e'en cuffs an'
    kicks I'd thole,
Gin ye'd but promise to forsake this waur than Satan's
    hole;
I fain wad come an' pu' ye oot, but daurna' for my
    lugs—
The public-hoose is no a place for either men or dougs!

Part II.

O come awa', for ony sake, nor heed that whisky-man,
To set yer heart against yer doug, he's tryin' a' he can;
He needna shake his neive at me, nor think to gar
    me rin,
I'm still a tarrie at the heart, though worn to hair
    an' skin.

I ne'er wad darken his door step, an' 'twerna for
    yersel',
I hae a duty to perform, baith to the bairns an' Nell;
Puir things, my thochts are a' on them, but ye ne'er
    fash yer lug;
Sae wae for them, I whiles could greet, though I am
    but a doug.

D'ye ye min' that day wee Annie dee'd?—her lips
    were cauld an' blue,
Hoo, puir wee thing, sae lovingly she to her breast
    ye drew?

Her cauld han's lock'd aboot yer neck, it made my
    heart feel sair,
To hear her plead, wi' her last breath, that ye should
    drink nae mair.

Ye ken if ye hae kept yer word to yer wee deein' wean.
That very day her heid was laid aneath the kirkyard
    stane,
Ye gaed straucht to the public-hoose—nae doot to
    droon yer care,
But though I'm but a doug, I ken there's nae real
    comfort there.

Yer surely daft—na, waur than daft—to sell the joys
    o' hame,
For drink that mak's ye sic a fule, gar's e'en yer
    doug think shame;
It freezes luve—it kills respec'—it mak's ye no yersel';
An' waur than a', ye're like a bear baith to the bairns
    an' Nell.

An' sic a fricht, the ither nicht, we gat when ye were
    fou,
Ye said ye were in some dark pit, 'mang deils an'
    bogles blue—
The very sweat brak' on yer face, yer hair stood a'
    on en',
An' Nell, puir body, ran like wud to fetch the neebors
    ben.

Wee Jock has scarce a trouser left—wee Jeanie's
    frock is thin—
An' as for me, my very banes are stickin' through
    my skin;
Yer ain coat's fa'in' aff yer back—ye've scarce a sark
    ava—
An' Nell, yer wife, I'm wae to see, rins bare-fit 'mang
    the snaw.

An' I were you, an' had like you, a wife an' twa sic
    weans,
I'd toil for them, though I should wear my fingers to
    the banes;
The precious clink ye spen' on drink, wad busk them
    oot fu' braw
An' mak' their cheeks, sae pale an' thin, like simmer
    roses blaw.

O waes me! an' ye dinna men', I fear the bairnies
    baith
Will sune be wi' their sister in the cauld, cauld hoose
    o' death;
But wad ye tak' a manly thocht, an' break the whisky
    jug,
'Twad mak' yer hame a paradise an' me a happy
    doug.

THE TWA DOUGS.

(NEW VERSION.)

BEING A SEQUEL TO "THE WEE DOUG'S APPEAL."

OSCAR (*A Publican's Dog.*)

" Wow, Afton! it's au awfu' time sin' ye were here
    aboot;
My gudeness! ye're sae altered, that I maist begin to
    doot,
As folk say, yer identity—sae fat an' fair ye seem:
Ye're surely in some cook-shop noo, or fed on curds
    an' cream.

" Yer hair is laid sae smoothly back, yer neck sae
    sleek an' braw,
Wi' feet as white as if ye wore a glove on ilka paw;
Sae gracefully ye curl yer tail, sae arch ye cock yer
    lugs—
There's ups an' douns in life, 'twad seem, amang the
    very dougs.

" It's no' sae lang, my gentle frien', sin' ye were nae
    sae fine,
When ilka hair stood frae yer back like birses on a
    swine;
Yer tautit wame bedraigled a', wi' paidlin' through
    the dibs;
While through yer skin, sae lank an' lean, the bairns
    wad count yer ribs.

" O mony a day afore oor door ye lay upon the flags,
While through the hair yer hainches twa stuck oot
    like timmer knags;
Sae weak through want, ye scarce could wag; while
    mony a hearty thump
The laddies gied ye wi' a rung oot owre yer baney
    rump.

" But whaur is Sandy Semple noo?—the man ye
    serv'd sae weel,
Wha lang was oor best customer, an' wore oor cauk
    an' keel;
He canna hae gien owre the drink, the chiel had nae
    sic wit:
He'll hae drapt aff, like mony mair, in some deep
    boozin' fit.

" An' whaur's the puir young wife that used to come
    an' spier for him,
While he wad ramp an' rave an' swear, like ony
    Satan's limb,
An' threaten, if she didna gang, to fell her to the
    grun,
While Maister at the counter stood an' leuch to see
    the fun?

"An' whaur—or else I'm far mista'en, he had twa
    bonnie weans;
I've heard him threaten, in his cups, to knock oot
    Johnnie's brains.

Hae they, like him, grown ne'er-do-weels? or are the
    puir things deid?
Far better they were ta'en awa', than sic a life to
    lead."

AFTON *(A Teetotaler's Dog)*.

"Ay, Oscar, there are ups an' douns 'mang dougs nae
    less than men:
It's altered days wi' you as weel, I doot ye hardly fen;
Ye're no sae sleek's ye used to be, nor are ye half sae
    crouse;
Say, are ye still in tow wi' him wha keeps the public
    hoose?

"D'ye mind ye used to growl at me, because I wadna
    bide
Awa' frae him wha sat an' boozed a' day at your
    • fireside;
An' though yer maister egged ye on to tear me limb
    frae limb,
Ye still had pity on puir me, though there was nane
    in him.

"Scuil laddies gied me mony a kick, an' ca'd me
    mony a name,
Yet still to Sandy I was true, though he was sair to
    blame.
When aff the drink he was sae kin'—fell Drink! 'twas
    his mishap;
Yet aye yer maister plied him wi't as lang's he had
    a rap.

"But noo wi' us it's altered days—a happy wife is
 Nell;
In Sandy there is sic a change—ye'll see it in mysel';
He never prees the demon drink, nor joins the drouthy
 core,
While publicans, abune a' men on earth, he dⁱes
 abhor.

"Wee Jock an' Kate are stout an' hale, weel fed,
 weel cled, an' clean,
An' kindly Sandy cuddles them when he comes hame
 at e'en.
O, when I see his brawny airms the bairnies faulded
 roun',
Oot owre my nose, in spite o' fate, the tear comes
 happin' doun.

"An' when he strokes my gawsie back, or claps my
 sonsy hide,
An' ca's me his auld trusty tyke, I wag my tail wi'
 pride.
Wow, Oscar! 'tis a blessed thing when men come to
 their sel',
For, while they are the slaves o' drink, hame's jist a
 perfect hell."

OSCAR.

"Sic life I ken owre weel aboot, I see it ilka day,
Sin' maister to the cursed drink *himsel'* has fa'n a
 prey:

His family a' hae gane to wrack, his wife drinks like
    a whale,
Till noo she's like a whisky cask, or tun o' 'Burton'
    ale.

" He's ta'en a shop whaur decent folk will hardly
    venture in,
Whaur drucken wives an' duddie weans a' day to ruin
    rin,
Na, waur—the scum o' woman-kind, the pests o' ilka
    toun,
Crood in to drink their ill-won gains, the pangs o'
    thocht to droon.

"An' sic a tearin' swearin' set! sic aiths dart frae
    ilk tongue;
Whilk sooner than I wad repeat, I'd let mysel' be
    hung.
I'm sick o't Afton! real heart sick, an' whiles wish I
    were deid,—
Than bide wi' him in sic a hole I'll rather beg my
    bread."

AFTON.

"I won'er whiles oor magistrates permit sic dens ava;
An' I were them, an' had the power, I'd steek them
    ane an' a'.
An' yet if wark-folk had but sense to keep oot o' their
    reach,
It wad dae mair to steek them up than a' teetotalers
    preach.

" Ye'll maybe think I'm prejudeezed, as I'm a
    temperance doug;
Yet 'bout their ' Leagues' an' ' liquor laws' I never
    fash my lug.
The folk that suffer through the drink hae maist
    themsel's to blame,
Yet aye the lash fa's sairest on the innocent at hame.

" But come an' join oor Temperance folk, they'll keep
    ye bien an' braw:
They've fatter pigs an' sleeker hens—in fact they're
    kin' to a'.
I needna bid ye tak' the pledge, for whisky, ale, or
    wine
Ne'er crossed yer craig, I daur be sworn, as little hae
    they mine.

" An' after this, I hope an' trust, nae member o' oor
    race
Will eat the bread o' publican, but count it a disgrace:
Sae come awa', auld crony mine, frae yon auld
    badger's den,
Ye'll gain respect frae honest dougs, as weel as sober
    men."

THE PERPLEXED PREACHER.

THE beardless embryo of a Scotch divine
In College gifts and graces great did shine;
So great in logic, famed for eloquence,
The Presbytery at once did him license

F

To preach theology to saint and sinner,
Marry, baptise, and otherwise earn his dinner.
Soon kirks and congregations, far and near,
Impatient grew this prodigy to hear,
And sent him invitations, not a few,
To preach—no matter what, if only *new*.
At length, more to the point, a call there came—
Unanimous; the spot we need not name.
A village church it was, in rural glen,
Where looms in grandeur a gigantic Ben;
With boundless tracts of heath and thymy moor,
O'er which the healthful breeze blew sweet and pure.

Our *Alma Mater's* darling, duly wean'd,
Behold him now, a minister ordained,
While twelve sleek hands like slates laid on his head,
Symbol unnumber'd blessings on him shed.
Their solemn task perform'd, the Presbytery
Smoke, drink and dine, bless God, then homeward
    hurry,
Leaving our young Boanerges to pursue
His calling high 'mid " scenes and pastures new."
Alone with his own thoughts came sad misgivings,
Dread thoughts of failure, evil-spirit movings
Towards his flock.   To him each face was new,
And strange, unsympathetic; while a few
Seemed hypocritical, and would, no doubt,
Do all they could to turn clean inside out
His sermons, lectures, prayers, and orations—
Thus damp his zeal, besides exhaust his patience.

But he no less resolved to do his duty,
Solaced his soul with nature's glowing beauty,
Drank inspiration from the ambient air,
And with the gods communed in fervent prayer.
Nor only in his little private study
Rehearsed the grand discourse prepared and ready
'Gainst Sabbath to astound his congregation,
And by sheer force command their admiration;
But sought the deep seclusion of the hills,
Lulled by the psalmody of mountain rills;
His church the dreary moor where silence reigned—
His pulpit the turf dyke 'gainst which he lean'd.
One wave of that weird wand imagination,
And, lo! before him stood his congregation.
There, o'er them shook the terrors of the Word,
Wav'd his right hand as if it held a sword;
Poured forth the lava of his ardent soul—
The fiery sentences did flash and roll,
Like thunder-javelins, on the startled air.
But ere our wrapt-declaimer is aware,
Another audience had gathered near,
This new Elias of our times to hear—
The native ruminants of that wild region,
Strangers alike to science and religion—
Fat oxen, sheep, cows, stirks, and sportive lambs
The latter peeping from behind their dams—
All gaze upon him with wide wondering eyes,
Spell-bound, they listen with a mute surprise.
Encouraged by the sight, our young divine
Accepts their homage as a hopeful sign
Of future success with his human flock,

Whose stony hearts, determined to unlock.
He rises with the greatness of his theme;
Foam-wreathed his lips, his eyes with frenzy gleam.
Inspired anew by such attention given,
He calls on all to put their trust in Heaven,
Hold fast the creed of Calvin, Beza, Knox,
Or share the doom of the unorthodox.

    Their first surprise once o'er, his audience,
Not being used to ponder in suspense,
Grew restless—some to yawn and shake the head,
As if in doubt of much that he had said;
While one, in wicked malice or in sport,
Hoisted her tail and gave a brutish snort
That raised a wild commotion and a rout;
The sheep, no less affected, wheel'd about,
Turning upon our hero their behinds,
Leaving our preacher preaching to the winds.
" Such is the world," soliloquised the youth—
" They turn their backs on him who speaks the truth,
Close to the beautiful both eyes and ears;
Slaves to cursed ignorance and brutish fears."
Still harder things our preacher would have said,
When something heavy bumped down on his head;
Another! yet another! thundered down;
Huge sods of peat, square-cut, sun-bak'd and brown,
Hurled by no puny hand; more like some fiend
Possessed the turfy wall 'gainst which he leaned,
Whose name it might be legion; hence the rout,
Unceremonious, of the friendly nowt.

Imagination conjured up the rest—
Of spiteful brownies that our moors infest.
And as to valour still belongs discretion,
Our hero, in his growing consternation,
Like frightened courser swift took to his heels;
A hero still—for who can cope with deils?
But now to solve the mystery. Walter Gunn,
The shepherd, had resolved to have some fun
That day at the new minister's expense;
And so had lain concealed behind the fence.
'Twas he awoke the terror of the herd,
When, spite of preacher or the preachèd Word,
They helter-skelter scampered from the spot,
Leaving our hero like good Mrs. Lot—
No, not a saline pillar, but a warning
To young aspirants crazed with grace or learning,
And now, to crown and magnify his fears,
Had tumbled down the dyke about his ears!

THE LAIRD O' DERRINANE.

A BALLAD.

JEANIE's gane oot lamentin',
    Lamentin' a' her lane;
To please her dad, she's forced to wed
    The laird o' Derrinane.

She's socht the howe o' the green wood,
    Ta'en shelter in the shaw,

That nane may see the saut, saut tears
  That frae her een doun fa'.

Her gowden locks, frae 'neath her snood,
  In wild disorder flow;
While to the winds that heedless pass
  She vents her tale o' woe.

" Oh, were he but a younger man,
  Though born in lowly cot,
Gude kens, to me it wad be bliss
  To share his humble lot.

But to be wed to sic a carle—
  Tied up to ane sae auld,
Sae grim an' grey, sae bleer'd an' blae,
  It mak's my bluid rin cauld.

As weel mate dreamy dark-broo'd Nicht
  To gay an' gladsome Noon,
Or frosty-bearded Januar',
  To fair an' flowery June.

No, rather let me loup yon lin,
  'Twad be less sin in me,
Than for the sake o' warld's wealth
  An auld man's bride to be."

She rose to seek the darksome pool,
  That murmur'd far below,
Sin' there was nane to hear her mane—
  Tak' pity on her woe.

But as she turned her frae the spot
    To carry oot her plan,
Or ere she kent, before her stood
    A gallant gentleman.

Health's ruddy hue was on his cheek —
    Though ne'er a youth was he—
While tender was the lovin' licht
    That sparkled in his ee.

" What ails, what ails thee, bonnie lass,
    That mak's thy cheek sae wan?
I ne'er had dreamt sae fair a flower
    Did blossom in oor lan'.

Come sit thee doun upon this bank,
    That I thy tale may hear;
Syne, I will be thy ain true knicht,
    By a' that's guid I swear!"

His kindly looks, his manly words,
    Brocht up the rosy blush
To Jeanie's cheek; through a' her veins
    A feeling strange did rush.

She tauld the stranger her sad tale
    O' misery an' pain,
Hoo she, to please her sire, maun wed
    The laird o' Derrinane.

" The thing's a' settled, past remead,
    I heard my mither say,

An' here, to claim me for his bride,
   He comes this very day!"

"An' wha's this laird o' Derrinane,
   That fills thee wi' sic fear?
He sure maun be some gruesome ghoul;
   I wish we had him here!

An' when saw ye this aged wicht,
   Wha comes to marry thee?
An' is there nocht aboot the carle
   To please a lassie's ee?"

"I saw him ance, it may be twice—
   It's mony years since than,
For I was but a lassie wee,
   An' he a bearded man.

He was my faither's crony leal—
   Fast frien's were aye the twa,
An' noo, withoot my leave, he comes
   To carry me awa'!"

"Oh, say nae mair, my ain sweet lass,
   But buckle to my side,
I'll free ye frae your troubles a',
   An' ye'll but be my bride!

I hae a hoose, a dainty farm,
   Whaur kye feed on the lea,
Fat sheep a fiel', baith maut an' meal
   Aneuch for thee an' me.

Say but the word, we'll to Mess John,
  My ain true love, my life!
Syne to thy faither an' the laird,
  Present ye as my wife."

What could she say, what could she dae,
  'Gainst sic a winnin' tongue?
She felt she lo'ed him as her life,
  Albeit he wasna young.

Ah, love, sweet love! nae ither lowe
  The human heart sae warms;
What could the helpless lassie dae
  But fa' into his airms?

Nae sooner wed, an' welded fast
  By Hymen's sacred fire,
Than in a carriage aff they rode
  To meet her angry sire.

"What gars ye look sae glum, auld man?
  An' you, auld dame, sae queer?
Ye've seen a man an' wife before;
  Look up! sweet Jeanie dear!"

She didna see the meanin' wink
  That pass'd between the twa,—
Her faither an' her ain guidman,
  As they met in the ha'.

For oh! she was sae fu' o' dread
  O' what was yet to come—
A mither's hate, a faither's curse—
  She dreed micht be her doom.

Wi' kennilt ee an' wrathfu' broo,
  The auld man view'd the pair;
Syne fell he back upon his seat,
  An' lauch'd till he was sair.

"To think," quo he, "that bairn o' mine
  Should be sae far mista'en;
Dinna ye see, ye doited wench,
  Ye've married Derriuane!"

———————————

WHAT'S THE MATTER?

What's the matter, what's the matter?
That a woman and a daughter
Of that God who made us all,
Should from womanhood thus fal'.
All life's sweetness turned to gall:
What's the matter, what's the matter?

Fair by nature, and still young,
Yet with rags and patches hung,
Hair dishevel'd, bloodshot eyes;
Would thy mother in this guise
Know her once beloved daughter?
What's the matter, what's the matter?

In her laughter there's no mirth,
Cheeks where dimpling smiles had birth,
Dust begrim'd and hollow now,
Seam'd with care the youthful brow;
Urchins point the finger at her:
What's the matter, what's the matter?

Eyes that once were like the dawn,
When the night clouds are withdrawn;
What hath quench'd their joyous light?
Whence their soul eclipsing blight?
Soul once pure as sparkling water:
What's the matter, what's the matter?

Gleam of crystal, glare of brass,
Hold her eye, she cannot pass!
Child of poverty and sin,
Wilt thou—wilt thou, venture in?
Hopeless woman! Eve's frail daughter!
Ah! I see *now* what's the matter.

God who made yon star-gemmed roof,
For how long shall this vile hoof
Tread thy children under foot,
" Sink the man, exalt the brute,"
Even fair woman bruise and batter?
O that we could *end* the matter!

Till by some great purpose fir'd,
Though we preach like men inspired,

Vainly we thy truth reveal,
Souls must suffer, men must feel—
Deeds we want, not wordy patter,
If we wish to mend the matter.

THY DARLING IS NOT DEAD!

FOND mother, do not weep!
Though we have laid him in the grave's cold bed,
And death hath lull'd him to his long, last sleep,
    Thy darling is not dead!

That which we gave to earth
Was but the garment by the spirit worn,
Death to the outer is the inner's birth;
    A seraph now he's born.

A prince among his peers,
'Mong bright child angels now, he lifts his head.
Oh let this thought restrain for aye thy tears,
    " My darling is not dead."

Rather rejoice that now
Thou hast in Heaven laid up this treasure rare,
That thou hast dropt behind Death's goring plough
    One seed of fruitage fair.

From which one day thou'lt reap,
When thine own span of lower life hath sped,
The golden harvest, piled in garner'd heap,
    For why?   He is not dead!

Why vainly dost thou grope
For some faint opening to the light above,
When thine own heart, doth hold a star of hope—
    A mother's deathless love?

Were there no other light,
This one live glimmer o'er thy spirit shed,
Like God's own finger on the gloom, would write—
    " Thy darling is not dead."

The spirit cannot die,
Of God's own essence, since it forms a part;
Though parted from us, they are ever nigh,
    To bless the longing heart.

Nor deem that now afar
From those who love him hath thy dear one fled;
Thy love will draw him from the farthest star,
    For why, he is not dead.

But for those earth-bound eyes
Thou might'st behold him smiling by thy side,
And gazing on thee with a sad surprise,
    As round thee he doth glide.

Lighter than thistledown
Or falling snow-flake now thy lov'd one's tread :
Softer than air the lips that press thine own—
    Of him thou callest dead.

Bless God for this glad thought,
No mocking mystery of hireling priest,
But from the fires of human suffering wrought
    By God within the breast.

And while thy sad thoughts dwell
On that blest time when sunder'd souls shall wed,
Say in thy heart " My Father, it is well!
    I know he is not dead."

————————

ROSAMINE.

I took her to my humble home, I took her to my heart,
    A little friendless orphan girl—
    Myself an old grey-bearded carle—
        Resolved we'd never part.

I warm'd and shod the little feet, her shivering limbs
        I clad,
    Spoke soothing words to calm her fears,
    And kiss'd away the grateful tears
        From eyes that now were glad.

'Twas winter when the orphan came, the days were
        dark and cold,
    But summer came with Rosamine,
    Youth's summer in my heart did shine,
        I felt no longer old.

The breath of flowers was on her lips, bright sun-gold
    in her hair,
  The liquid azure of her eyes
  To me brought sunny April skies,
    Her cheeks June roses were.

How sad my life till Rosa came! even then, when
    down the stairs
  With joy her pattering footsteps rain'd,
  I knew not I had entertain'd
    An angel unawares,—

An angel child to warm my heart, and fill my home
    with glee;
  Day after day thus to behold
  That wee sweet face of perfect mould,
    Was heav'n itself to me.

And when the tender April buds peep'd out from bank
    and brae,
  With step as light as thistledown
  She led me out beyond the town
    To God's green fields away.

And there, deep in the wood, we found the first
    anemone,
  Wood-sorrel with its pencil'd bloom,
  That droops its leaves when dark clouds loom
   Or night steals o'er the lea.

Once home and seated on the hearth, what questioning
    began—
  For she must know each floweret's name,
  And how it grew, and whence it came—
    I was a puzzled man.

Then by-and-by the golden curls upon my knee would
    rest,
  While in her face and in her eyes
  Would well up wonder and surprise
    Too deep to be expressed.

And thus the tendrils of our hearts would close and
    closer twine,
  Each day the dearer she to me;
  No wonder in my doating glee
    I called her Rosa-*mine*.

Oh, foolish heart! Oh, dotard head! ne'er thinking,
    such thy faith,
  That days of darkness were in store,
  That my sweet bud held in its core
    The canker worm of death!

She died, my darling Rosa died! a flower too frail to
    last;
  And with her died all else to me—
  Rose, daisy, and anemone,
    All, all, to death have pass'd!

Spring, summer, golden autumn, all are winter now
    to me,
  Save when upon the ear of Time
  Falls heavily the midnight chime,
    In dream-land her I see.

Thus, like a star, her deathless love for me doth
    nightly shine;
  While, at the unseen golden gate,
  To welcome me doth patient wait
    My darling Rosamine!

THE FRICHTIT WEAN.

PART FIRST.

O WHAUR'LL I gae hide, mither? t'will be a nicht
    o' dool,
Ye'll no guess what I saw the nicht, as I cam' frae
    the schule?
For comin' by the public-hoose, the door wide open
    flew,
An' O, I saw my faither there, an' he was swearin' fou.

I winna sleep a wink the nicht, to bed I winna gae—
An' mither, when I ken he's fou, for him I canna
    pray;
For O, sic awfu' words he says to you, his wifie-dear,
My very heart loups to my mouth, whene'er his fit
    I hear.

G

'Twas jist the ither week, mither, we lay upon the
    stair,
When three times roun' an' roun' the hoose he
    har'ld ye by the hair;
'Twas surely awfu' cruelty, when naething had ye dune,
To use his wife an' bairnie sae, maun surely be a sin.

An' a' that lee lang nicht, mither, ae wink I couldna'
    rest,
Though roun' an' roun' ye happit me, like birdie in
    its nest;
For aye ye laid yer burnin' broo upon my cozie
    cheek,
An' aye ye sabbit to yersel, altho' ye didna speak.

My head was fu' o' waefu' thochts, my heart was fu'
    o' pain,
For aye yer tears upon my cheek fell doon like
    simmer rain;
An' aye we heard his smother'd oaths, oot thro the
    steekit door,
At length he fell doon frae his chair, and loud began
    to snore.

An' then ye slippit in, mither, when he was sleepin'
    soun',
An' in the bed, yont by the wa', ye laid me saftly doon;
An' syne ye stood, wi' claspit han's an' breath'd this
    wee short prayer—
"O God, preserve my innocent frae sorrow, sin, an'
    care."

Then gently, as an angel might, ye raised my faither's
    head,
An' slip't aneath the feather cod, brocht frae yer ain
    saft bed;
I thocht me o' his cruelty, I thocht me o' his sin,
An' won'ert ye could be sae kind, for a' that he had
    dune.

An' there, until the stars gaed oot, ye sat yer leesom'
    lane—
An' a' that nicht the queenly moon look'd thro' the
    window pane;
An' aye upon yer han's, mither, ye press'd yer
    burnin' broo,
While frae yer fingers hung the tears, like draps o'
    mornin' dew.

Then, after a' that ye had done for him, jist only
    think,
Ye had to pawn yer petticoat next morn to gie him
    drink;
O fauld me to thy breast, mither, an' rock me on
    thy knee,
An' 'twerna for my mither's love what wad become
    o' me?

Last Monday, at the schule, mither, they telt me to
    my face,
To be a drucken faither's wean, was warst o' a'
    disgrace;

The bluid gied flushin' to my broo, my cheeks grew
    red wi' shame—
Sae blindit were my een wi' tears I scarce kent the
    road hame.

But wae's my heart, they dinna ken how muckle
    we've ta dae,
Or else sic cruel, cruel words, to me they wadna say;
They ne'er were sick for want o'meat, nor cauld for
    want o' coal—
They hae but little sympathy wha haena ocht to
    thole.

An' when, on simmer Sunday noons, I lonely tak' a
    turn,
To gather gowans on the braes, or king-cups by the
    burn,
To meet them, dressed a' in their best, it fills my heart
    wi' pain—
They gie their heads a toss an' say, "It's drucken'
    Sandy's wean."

An' sae I creep oot o' their sicht to hide me in the
    shaw,
Whaur ower me, like my mither's arms, the branches
    kin'ly fa';
The wee primroses frae the grass look up wi' pityin'
    e'e,
While to my ears the win' brings sangs frae lovin'
    bird an' bee.

An' whiles I steek my een, mither, an' O what visions
 come,
While sweeter far than Robin's sang, or wild bee's
 joyous hum,
Come sangs an' lovin' voices afloatin' a' aroun',
An' gowden wings come flashin' thro' the simmer-lift
 aboon.

An' then my thochts flee back, mither, to some
 forgotten day—
When faither seems a gentleman, an' you a lady gay,
An' ye are walkin' arm in arm—like bridegroom an'
 his bride—
An he his ain wee lassie ca's his darlin' an' his pride.

But then the wimplin' burn, mither, becomes a river
 wide,
Withouten din its waters rin, nae rocks its stream
 divide,
An' some ane whispers, I maun cross that braid deep
 stream o' death—
But first the blue forget-me-nots I gather to ye baith.

But, hark! what's that upon the stair? Was that a
 fit I heard?
My frichtit heart, within my breast, is flickerin' like
 a bird;
O hide me in thy bosom, mither, an' rock me on thy
 knee—
An' 'twerna for my mither's love, this nicht I maist
 could dee.

PART SECOND.

O dinna speak sic words, my bairn, they mak' thy
  mither wae,
An' dinna let thy wee heart grieve, whate'er thy
  faither dae,
But cuddle in my bosom noo, my darlin' an' my
  pride!
I lo'e my ain wee lassie mair than a' the world beside.

Whate'er misfortune may befa', or darkness gather
  roun',
It winna alter my strong faith in Him wha dwells
  aboon;
Ayont the darkest winter-cloud, the sun shines tho'
  unseen,
On mirkest nichts the stars glint doon, like bonnie
  angels' een.

Sae Hope's wee starrie in my heart, lichts up the
  cloud o' care,
To win thy father frae the drink I dinna yet despair;
An' to that God wha loe's the lost, for him still let
  us pray—
To God still cleave—the first, the best, the only
  frien' we hae.

But tell me hoo can ane sae young, still dream o'
  joys lang syne,
Like sprigs o' thyme, 'tween mem'ry's leaves, come
  past joys back to min'?

Thy faither was the best o' men, the triggest on the
 green;
That day I was his wedded bride, I thocht mysel' a
 queen.

An' like a king upon his throne he filled our muckle
 chair,
An' a' the hours he spent wi' me he frae his wark
 could spare;
An' hoo his lovin' heart, wi' joy beat in his manly
 breast,
When first within her mither's arms his ain wee
 wean he kiss'd!

But ah; ere lang, the tempter cam' an' drew him
 frae my side—
Intemp'rance bore him like a ship that's driftin' wi'
 the tide.
An' as a noble ship is dashed upon a stormy coast,
Oor happy hame becam' a wreck, an a' its treasures
 lost.

My faither was a wealthy laird, had horses, sheep,
 an' kye,
Braid fields that waved wi' yellcw corn, an mickle
 gear forbye;
He pled wi' me baith day an' nicht, to lea yer faither
 dear.
But O! to leave him to himsel' the thocht I couldna
 bear.

Sae in his wrath he curs'd his bairn, in words o' scorn
    an' hate:
He left my name oot o' his will—he left me to my
    fate;
Ilk frien' I had deserted me for daein' what was
    richt—
Nor will I rue what I hae done, tho' I should dee this
    nicht.

I winna leave him to himsel', if, God! it be thy will.
He was the choice o' my young heart—an' oh! I lo'e
    him still;
An' O, upon my knees—I ask, let me not ask in vain,
Restore my husband to my heart, a faither to my
    wean!

Yes! lovin' heart! thy Father hears in heaven thy
    earnest cry—
That God wha lifts the lowly up, looks down frae
    yonder sky;
An' he has ta'en thy precious tears to deck his kingly
    crown.
See noo, the dawn o' better days, the nicht o' sorrow
    flown.

PART THIRD.

An' still the mither's couthie han' her darlin' wean
    caress'd
While she, like a wee frichtit doo, still close an'
    closer press'd;

The shilpit cat upon the hearth kept up a purrin' din,
While thro' the winnock on them baith the moon kept
glowrin' in.

In ilka corner o' the hoose cauld poortith micht be
seen ;—
The furniture nae doot was scant, yet a' was snod
an' clean—
A pickle meal far doon the pock was a' their present
store—
But, hark!—she hears a weel ken't han' play dirl
upon the door.

Clink gaed the sneck, an' syne the door flew open wi'
a bang;
An' doon before her on the floor, himsel' the truant
flang;
Wi' ruefu' face an' quiverin' lips, he tried, but couldna
speak,
While tears, lang strangers to his face, ran coursin'
doon his cheek,

An hae I sic a noble wife? an' hae I sic a wean?
Sic love to a puir wretch like me, wad melt a heart o'
stane.
O! if a life o' soberness to ye will mak' amends,
This nicht my life o' recklessness an' sinfu' drinkin'
ends;

An' if I'm only spar'd to see anither mornin's licht,
I'll gang an' join the temp'lar. folk, syne toil wi' a'
my micht;

Sae dicht thy een' my ain true wife—I see they're
    tears o' joy—
Thy Sandy ne'er shall gi'e thee pain—nae mair thy
    peace destroy.

An' come to me, my ain dear bairn! sweet angel o'
    my hame,
Thou'lt ne'er hae cause to blush for me, nor hide thy
    head wi' shame;
While stan'in at the door this nicht, I heard thy ilka
    word,
An' ilka ane gae'd thro' my heart, like to a fiery
    sword.

O God! but gi'e me health an' strength, I'll toil wi'
    micht an' main,
To mak' my life a blessin' to my wifie an' my wean;
An' in thy ain Almighty strength still let me firmly
    trust,
Nae mair to Bacchus let me boo degraded in the dust!

.   .   .   .   .   .

An' Sandy Seaton kept his word, they ha'e nae
    poortith noo,
Wi' ilka thing their hearts could wish—their hames
    are packit fu',
He's got a business o' his ain' wi' maist a score o'
    men;
An' ta'en a cottage at the coast, wi' rooms baith but
    and ben.

O' bairnies todlin' in an' oot, they've mair than ane
    or twa,
An' tho' he's siller in the bank, o' that he doesna
    blaw ;
Noo, a' his thocht is hoo to keep his wife an' bairnies
    bien,
For costly dress, his bonnie Bess dings a' the
    neebors clean.

Yet while's upon her bonnie broo, there lichts a cloud
    o' care,
When a' are gather'd roun the hearth, there's still
    an' empty chair ;
While memory unlocks the past an' brings a stoun
    o' pain,
An' aye the tears come hapin' doun for her wee
    frichtit wean.

The wee thing's heart ran owre wi' joy to see things
    gang sae weel,
But ah ! pale death, wi' ruthless han', had set on
    her his seal,
Yet aye she gaed aboot the hoose an' smiled upon
    them a',
Till cam' the spring when birdies sing, an flowers
    begin' to blaw.

Then simmer frae her rosy lap, her honied treasure
    shed,
But on the bairnie's wee saft cheek the hectic rose
    had spread,

An' when the harvest sickle gleam'd amang the
    gowden grain,
The angels bore to heav'n awa' the puir wee frichtit
    wean.

Songs.

OOR WEE KATE.

AIR—"*There Grows a Bonny Brier Bush.*"

Was there ever sic a lassie kent, as oor Wee Kate?
There's no a wean in a' the toun like oor Wee Kate;
Baith in an' oot, at kirk an' schule, she rins at sic a
    rate,
A pair a' shoon jists lasts a month wi' oor Wee Kate.

I wish she'd been a callan, she's sic a steerin queen—
For ribbons, dolls, an' a' sic gear, she doesna' care a
    preen,
But taps an' bools, girs, ba's an' bats, she plays wi'
    ear' an' late;
I'll hae to get a pair o' breeks for oor Wee Kate.

Na, what do you think? the ither day, as sure as
    ony thing—
I saw her fleein' dragons, wi' maist a mile o' string;
Yer jumpin' rapes and peveralls, she flings oot o'
    her gate,
But nane can fire a towgun like oor Wee Kate.

They tell me on the meetin' nichts she's waur than
    ony fule,
She dings her bloomer oot o' shape an' mak'st jist
    like a shule;
The chairman glooms an' shakes his head an' scarce
    can keep his seat;
I won'er he can thole sic deils as oor Wee Kate.

But see her on a gala-nicht, she's aye sae neat an'
    clean—
Wi' cheeks like ony roses, an' bonnie glancin' een—
An' then to hear her sing a sang, its jist a perfect
    treat,
For ne'er a lintie sings sae sweet as oor Wee Kate.

An' yet there's no' a kin'er wean in a' the toun, I'm
    sure;
That day wee brither Johnny dee'd, she grat her wee
    . heart sair;
In beggar weans, an' helpless folk she taks a queer
    conceit—
They're sure to get the bits o' piece frae oor Wee
    Kate.

Gaun to the kirk the ither day she sees a duddie
    wean,
Wi' cauld bare feet and brackit face sit sabbin' on a
    stane;
She slipt the penny in his han' I gie'd her for the
    plate :
The kirks wad fa' if folks were a' like oor Wee Kate.

For a' she's sic a steer-about, sae fu' o' mirth an' fun,
She taks the lead in ilka class, an' mony a prize
   she's won—
This gars me think there's maybe mair than mischief
   in her pate;
I wish I saw the wisdom teeth o' oor Wee Kate.

IMPH–M.*

Air—"*Gee-wo-Neddy.*"

WHEN I was a laddie langsyne at the schule,
The maister aye ca'd me a dunce an' a feul;
For somehoo his words I could ne'er un'erstan',
Unless when he bawled "Jamie! haud oot yer han'"!
       Then I gloom'd, and said "Imph-m,"—
       I glunch'd, and said "Imph-m"—
I wasna owre proud, but owre dour to say—A-y-e!

Ae day a queer word, as lang-nebbit's himsel',
He vow'd he would thrash me if I wadna spell,
Quo I, "Maister Quill," wi' a kin' o a' swither,
"I'll spell ye the word if ye'll spell me anither:"
       "Let's hear ye spell 'Imph-m,'
       That common word 'Imph-m,'
That auld Scotch word 'Imph-m,' ye ken it means
   A-y-e!"

---

* The fifth stanza having been added since its publication in
the "Idylls," this song may now be considered complete.

Had ye seen hoo he glowr'd, hoo he scratched his
    big pate,
An' shouted, "Ye villain, get oot o' my gate!
Get aff to yer seat! yer the plague o' the schule!
The de'il o' me kens if yer maist rogue or fule."
        But I only said "Imph-m,,'
        That pawkie word "Imph-m,"
He cou'dna spell "Imph-m," that stands for an—
    A-y-e!

An' when a brisk wooer, I courted my Jean—
O' Avon's braw lasses the pride an' the queen—
When 'neath my grey plaidie, wi' heart beatin' fain,
I speired in a whisper' if she'd be my ain.
        She blush'd, an' said "Imph-m,"
        That charming word "Imph-m,"
A thoosan' times better an' sweeter than—A-y-e!

Jist ae thing I wanted my bliss to complete—
Ae kiss frae her rosy mou', couthie an' sweet,
But a shake o' her heid was her only reply—
Of course, that said no, but I kent she meant A-y-e,
        For her twa een said "Imph-m,"
        Her red lips said "Imph-m."
Her hale face said "Imph-m," an "Imph-m" means
    A-y-e!

An noo I'm a dad wi' a hoose o' my ain—
A dainty bit wifie, an' mair than ae wean;
But the warst o't is this—when a question I speir,

They pit on a look sae auld-farran' an' queer,
        But only say "Imph-m,"
        That daft-like word "Imph-m,"
That vulgar word "Imphm"—they winna say—
  A-y-e!

Ye've heard hoo the de'il, as he wauchel'd through
    Beith
Wi' a wife in ilk oxter, an' ane in his teeth,
When some ane cried oot "Will ye tak' mine the
    morn?"
He wagg'd his auld tail while he cockit his horn,
        But only said "Imph-m,"
        That usefu' word "Imph-m"—
Wi' sic a big mouthfu', he couldna say—A-y-e!

Sae I've gi'en owre the "Imph-m"—it's no a nice
    word;
When printed on paper its perfect absurd;
Sae if ye're owre lazy to open yer jaw,
Just haud ye yer tongue, an' say naething ava;
        But never say "Imph-m,"
        That daft-like word "Imph-m"—
It's ten times mair vulgar than even braid—A-y-e!

THE BONNIE TEMPLAR LASSIE.

AIR—"*Did ye see my Hanky Panky.*"

DAE ye ken I'm a Guid Templar noo;
    It's far the safest plan,
While a' the folk look up to me,
    A steady gaun young man.
Ye'll no guess hoo this cam' aboot,
    'Twas a' through pawkie Jean,
The bonniest lassie in oor Lodge,
    Wi' twa bewitchin' een.

Oh my! she was sly, that wee bonnie Templar lassie,
Trig an' neat, an' oh sae sweet! I doot my heid
    she'll turn!

Ae nicht wi' twa auld cronies dear,
    I gaed to hae a spree,
An' whaur dae ye think we landed, but
    At a Templar's gran' soiree.
An' sic a sicht there met my view,
    O' lassies buskit braw,
While by my side ane clinkit doon—
    The bonniest o' them a'.

            Oh my! etc.

Oh had ye seen her pawkie look,
    As she handit me my tea,
Aye spierin' gin I liked it sweet,
    As sweet she smil'd on me,

H

An when she slippit in my loof
　A lozenge, white as snaw,
Ye'll no' guess what was prentit on't?—
　"Guid nicht, I'm gaun awa'!"
　　　　　　　Oh my! etc.

Quo I, sweet lass, ye mauna gang
　Till ance ye tell yer name,
Whaur ye come frae, an' what ye dae;
　Quo she, I bide at hame.
But gin ye want to ken the gate,
　Come yont the road wi' me,
It's wearin' late, I daurna wait,
　Or mither 'll flyte on me.
　　　　　　　Oh my! etc.

Dear lass, quo I, there's nocht on earth
　Wad gie me greater joy,
Were't to the warl's ootmost en',
　I'll be thy safe convoy.
But let me hap thee frae the blast,
　This cauld will be thy death,
My Scottish plaid is braid an' wide;
　Quo she, 'twill haud us baith.
　　　　　　　Oh my! etc.

I took her hame, an' ere I left
　My heart was dancin' fain,
Wi' pantin' breist, quo I dear lass,
　When shall we meet again?

Young man, quo she, on Monday nicht,
    Oor lodge meets ilka week,
Sae gin ye've ocht to say to me,
    It's there ye maun me seek.

            Oh my! etc.

When I gaed up on Monday nicht,
    They wadna let me in',
For I hadna got their secret word,
    Though I'd gotten a gey wat skin.
But wha comes trippin' to the door
    In scarlet bib sae braw,
But darlin' Jean, the pawkie queen
    The fairest o' them a'.

            Oh my! etc.

Quo she, dear lad, come join the cause,
    We need brave hearts an' true,
Come share the joy o' kindred souls,
    The deed ye ne'er will rue.
Sae I jist took her at her word—
    Put on the bib sae braw,
An' noo I'm hers, an' she is mine,
    An' we're nae langer twa.

Oh my! she was sly, that wee bonnie Templar lassie,
Trig an' neat, an' oh sae sweet! I kent my heid·she
    wad turn!

A SNOOZE IN THE MORNIN'.

AIR—First part of "*Johnnie Cope.*"

LANG syne I hae min hoo the folk ca'd me a'
A muckle sleepy head, that wad be nocht ava'
For I sleepit the hale o' my senses awa'
Wi' lyin' sae lang in the mornin'.

Then mither, puir body, she wad skirl an' cry,
Hey, Jamie, are ye wauken? get up, man, fie!
Yes, mither, I'll be ben in a blink, quo I;
But the very next minute I was snorin'.

Then faither he wad rise in a rage, an' tak'
The muckle cart whup doon frae the rack,
An' owre my hurdïes cam' sic a whack
That I frichtit the kye wi' my roarin'.

When I gaed aff to work wi' auld Mosey Dicks,
Quo he ye'll be in min' exac' at six,
But I hadna been used to ony sic tricks,
Sae I lay to nine that mornin'.

Weel, at ten I gaed expectin' to see
The body flee up in a great tirrivee:
Quo he, my man, it's naething to me
Tho' ye lie till the judgment mornin'.

Then by an' by I marrit a wife,
Expectin' to leeve a contentit life;

But instead o' that there's been nocht but strife,
For she sleeps in hersel' in the mornin'.

If I lie to aucht, she maun lie to twel'.
If I say it's time to get up dear, Bell!
She says if ye like ye can rise yersel',
For I maun hae my snooze in the mornin'.

She'll no' gie me peace e'en to lie by her side,
She says ane that's lazy she canna abide;
That an' she were me she wad tak' a pride
In ken'lin' the fire in the mornin'.

Determined at last, I wad thole this nae mair,
Quo I, Bell, get up, or I vow an' declare—
When she drew me a kick, laid me flat on the flair,
E're I kent whaur I was in the mornin'.

O' sic an' awfu' life, nae won'er I'm sick,
For the bairns a' hae gotten the very same trick,
They've a' been tarr'd wi' the same black stick,
For they'll no' lea' their bed in the mornin'.

A woman may lead but she ne'er will drive;
Wi' a thrawart wife it's vain to strive,
Sae try an' wale ane that will rise at five,
An' let you tak' yer snooze in the mornin'.

WHAT DAE YE THINK O' JEANIE?

AIR—"*What do you think o' that, my Joe?*"

I MET twa frien's at auld Nan Gray's,
　　Wha keeps the sign o' the "Parrot;"
We had some yill, an' syne we raise,
　　But werena ony the waur o't;
Syne aff I gaed to see my Jean,
　　A lass baith guid an' bonnie,
Wi' gowden locks an' twa blue een,
　　An' lips mair sweet than honey.

Then what dae ye think o' that, my frien's!
An' what dae ye think o' my Jeanie?"

Aroun' her waist my arms I flang,
　　An' ca'd her my dear lassie,
When back she drave me wi' a bang,
　　Maist coup'd me on the causey.
I was sae ta'en I couldna speak,
　　She seemed in sic a passion,
A crimson glow on ilka cheek,
　　Her een like diamonds flashin'.

　　　　Noo, what dae ye think, &c.

"Get out," quo she, "ye drunken sicht!
　　Hae ye nae sense nor reason,
Tae come to me in sic a plicht?
　　Yer very breath is poozhen."

An' then ye'll no guess what she said—
  My sang, it was a settler—
"Nae man on earth I'll ever wed,
  Unless he's a teetot'ler."
      Noo, what dae ye think, &c.

Quo I, "My lass, gi'e owre sic freaks;
  For you my love is ended,
'Tis time aneuch to wear the breeks
  When ance we canna mend it;
There's as guid fish intae the sea
  As e'er were ta'en, in plenty;
An' lassies guid an' fair as thee,
  I'm sure I could get twenty!"
      Noo, what dae ye think, &c.

I couldna rest, but up an' doun
  I gaed, like some puir Steenie,
Quite wud to think that for the drink
  I'd lost my winsome Jeanie.
Noo, what to dae I didna ken,
  I seemed sae hard to want her;
Sae I resolved my life to men',
  In spite o' a' their banter.
      Noo, what dae ye think, &c.

Sae aff I gaed an' signed the pledge,
  An' syne to see my lassie,
I met her by the trystin'-hedge,
  An' wow, but she was saucy;

But when she heard what I had dune,
   Her face a' beamed wi' pleasure;
Sweet love ance mair put a' in tune,
   Oor bliss was 'boon a' measure.

Noo, what dae ye think o' this, my frien's!
I've won an' wed my Jeanie.

HITHER AND YON.

AIR—"*Maggie Mackie.*"

O WAE on the day when oor Bessy
   Cam' into this druckensome toun,
For there ne'er was a thriftier lassie
   In a' the hale kintra roun'.
But soon wi' ill neebors she fell in;
   To me, though she never loot on,
I saw by the look o' oor dwellin',
   That Bess was gaun hither and yon.

CHORUS.

Sae lassies beware o' the drappie,
   Or ablins ye'll hae to atone:
The woman was never yet happy,
   Wha learnt to gae hither and yon.

Hersel' and her hoose alike toozie,
   Negleckit baith Johnnie an' Nell;
For Bess, when she used to get boozy
   Could hardly tak' care o' hersel'.

Instead o' a bonnie trig kimmer,
  Her claes wi' a graip seem'd flung on,
On me she brak' oot like a limmer,
  Whene'er she gaed hither and yon.
    Sae lassies, etc.

Meanwhile my heart breaking wi' sorrow,
  Sair toilin' a leevin' to win,
A neebor's pass-key I maun borrow
  At e'en, or I wadna get in.
Then 'stead o' a weel cookit dinner,
  A drap o' sour milk an' a scone;
For Bessy hersel', the puir sinner,
  Was sure to be hither and yon.
    Sae lassies, etc.

My mither cam' in frae Kilwuddie
  Ance eeran', expectin' to see
Her young folks weel daein' and steady,
  An' ilka thing tosh to the e'e;
But though it was naething by ornar,
  The sicht made the auld bodie groan,
For snorin' asleep in a corner
  Lay Bessy, a' hither and yon.
    Sae lassies, etc.

Now, mither's an auld farran' bodie,
  To ilka ane's failin's a freen',
Instead o' gaun on like a rowdy,
  Fell to like a gilpie to clean;

Weel kenin' that Bess when she wauken'd,
    Wi' shame wad be like to gae on,
Whereas if her name she had blacken'd,
    The mair she'd gane hither and yon.

        Sae lassies, etc.

O blessin's on thee, my auld mither!
    It cam' aboot jist as she said,
For Bess, when her senses cam' till her,
    Wi' shame couldna haud up her heid;
But sabbin', cried "Oh, dinna lea' me!
    I've been sair to blame, I maun own;
But, Johnnie lad, if ye'll forgie me,
    I'll nae mair gae hither an' you."

        Sae lassies, etc.

Noo, ye'll scarce fin' a woman mair steady,
    Ance mair I'm the blythest o' men;
She busks hersel' noo like a leddy,
    An' keeps baith a but an' a ben.
What though she whiles likes to be maister,
    An' threatens the breeks to put on,
I dinna count that a disaster—
    It's no like gaun hither an' you.

        Sae lassies, etc.

WHISKY'S AWA'.

AIR—"*My Nannie's Awa*'."

[As sung by Leezie Galbraith to a delighted audience, viz., her
Guidman and Bairns.]

Noo winter has blawn ilka leaf frae the tree,
The bluebell an' gowan lie dead on the lea,
A' roun' oor wee biggin deep lies the white snaw,
But within there is simmer when whisky's awa.
    But within there is simmer, &c.

Oor hame, ance sae haunted wi' sorrow an' care,
Noo rings wi' the music o' lovin' hearts there;
While John, like a hero, noo toils for us a',
In the pride o' his manhood, sin' whisky's awa.
    In the pride o' his manhood, &c.

But the cauld days o' winter will soon whistle by,
An' the green braes be clad wi' the sheep an' the kye,
Then we'll aff to the glens whaur the wild roses blaw,
An' sing wi' glad nature, vile whisky's awa',
    An' sing wi' glad nature, &c.

Let warldly minds warsle for riches an' fame,
Gie me but the wealth o' a love lichtit hame,
An' the cloud o' affliction mair lichtly will fa'
Owre the hames o' the lowly, when whisky's awa'.
    Owre the hames o' the lowly, &c.

MY BONNIE WEE WIFIE AN' I.

O I'M a warkman wi' a wife an' twa laddies,
　　The pride o' my thrifty wee dame;
Twa red-cheekit, lauchin'-e'ed, steerin' wee caddies,
　　The joy an' the plague o' my hame.

CHORUS.

　　For we're a' sae weel tae dae noo, d'ye see,
　　　　A' things gae richt that we try;
　　For we've gi'en owre the drappie, and ne'er were
　　　　　　sae happy,
　　　　My bonnie wee wifie an' I.

Our hame's like a palace, sae trig an' weel plenished,
　　A hearth like the new driven sna';
A braw chest o' drawers, an' a dresser new finished,
　　Sax chairs an' a waggity-wa'.
　　　　For we're a', &c.

It would tak' twa three hours o' a house-reevin'
　　　　beagle,
　　To mark a' the gear that we hae,
Forbye my black suit, that' just new aff the needle,
　　Wi' a gloss like a bonnie ripe slae.
　　　　For we're a', &c.

We've rowth o' braid flannen—fy! Jeanie, nae
　　　　blushin'—
　　We ne'er want a guid muckle cheese;

Last week, I bought her a big chair wi' a cushion,
  To sit like a queen at her ease.
      For we're a', &c.

I gang to the kirk wi' the bairns an' their minnie—
  Nae sailin' on Sunday likes she;
Short syne I bought her a new dress at a guinea,
  Nae won'er she's daft about me.
      For we're a', &c.

Wi' wark an' guid health, an' the bairnies weel breekit,
  I wish we may never be waur;
A watch in my fab, an' by ilk ane respeckit,
  Look doon on me noo, if ye daur.
      For we're a', &c.

THE AULD HEARTHSTANE.

WEEL I mind oor wee biggin' that stood on yon lea,
Wi' its blue reek ascendin' sae joyous an' free,
Wi' a cheery bit winnock afore an' behin',
Reflectin' the joy o' the leal hearts within;
Noo roofless an' doorless it stan's in the rain,
An' the rank nettles wave on its auld hearthstane.

In winter's cauld time, when the dour winds did blaw,
An' the hills roun' aboot were a' covered wi' snaw,
While doon owre the easin' the icicles hang,
Within', roun' the ingle, we cantily sang;
Be it greyhaired auld granny or toddlin wean,
They a' fand a place roun' the auld hearthstane.

There my faither wad sit while my mither did spin,
An' lilt some auld sang to her wheel's cheery din,
While the wee toozie heads granny drew to her knee,
An' in oor lugs whispered, "Noo 'gree, bairnies,
    'gree."
Then faither wad lauch till the wa's rang again,
At the antics we played on the auld hearthstane.

'Twas there in the neuk stood my faither's big
    chair;
The bink, wi' its pewter and crockery, there;
An' the auld aucht-day nock, wi' its solemn tick-tack,
Stood close by the wa' at my granny's chair-back,
While a broken cart wheel, that was cross in the grain,
Was the fender we had for the auld hearthstane.

A muckle box-bed on ilk han's ye gaed in,
A wisp at the door lay to keep oot the win';
An' there in the hurley us weans took our rest,
When we cuddled a' doon like wee birds in a nest.
Noo sadly I muse whaur the wee feet hae gane,
That danced wi' sic glee on the auld hearthstane.

Noo lanely I linger, the last o' them a',
Near the hame o' my kindred a' deid an' awa'.
On the gate they hae gane I am followin' fast,
Yet the heart, like the ivy, still clings to the past;
An' I whiles hae the thocht we shall a' meet again,
Though it mayna be here roun' the auld hearth-
    stane.

HOO THINGS CAM ROUN' IN THE MORNIN'.

AIR—"*Hey Johnny Cope.*"

I MIND sin' they ca'd me a drucken loon,
The plague an' the pest o' a' oor toon,
On me ilka honest man lookit doon,
Though he tasted *himsel'* in the mornin'.

My wife an' the bairnies aft cam', to my shame,
At the dead hour o' nicht to oxter me hame;
An' she, puir thing! gat the hale o' the blame,
When we wanted a meal in the mornin'.

Oor things were a' sell't, to ilk ane we were awn—
The very toom meal-pock was aff to the pawn—
We were turn'd oot o' hoose at the grey o' the dawn,
To wan'er like sheep in the mornin'.

An', Gudeness forgie me! the warst thing o' a',
My ain winsome wife, an' oor wee lammies twa,
Her frien's frae the North took them a' clean awa',
An' left me alane in the mornin'.

Noo hunted wi' beagles, in sorrow an' shame,
I fled like an outcast frae hoose an' frae hame—
Fu' brawly I kent there was nae ane to blame,
But my ain stupit sel' in the mornin'.

I thocht me o' strychnine, I thocht o' a knife,
But the best thing I saw was to alter my life—

To turn a new leaf, and restore my puir wife
A' the joy o' her life's young mornin'.

Sae I cam' doun to Glasca, whaur frien's I had nane,
I wrocht like a slave, an' I leev'd a' my lane,
Till I managed to plenish a hoose o' my ain—
But sair I miss'd Jean in the mornin'.

But I sent aff a letter ae nicht, jist to tell
Hoo things had come roun', when niest mornin' the
     bell
Play'd reenge, an' wha was't but my lassie hersel'
Wi' oor twa bonnie bairns in the mornin'.

Then soon as my braw plenished hoose met her view,
Puir thing! her bit heart lap amaist to her mou',
Then into my arms like a birdie she flew,
An sabbit wi' joy in the mornin'.

Then roun' us the bairnies they danc'd an' they
     spield,
Till wi' joy an' wi' pleasure my very head reel'd,
Oor blythe bridal day owre again there we held,
An' began life anew in the mornin'.

Noo a' wha like me wad begin a new life,
First banish the "Barley," the cause o' a' strife,
Syne learn to be kind to your bairnies an' wife,
An' be sure ye get up in the mornin'.

GOOD TEMPLAR'S MARCHING SONG.

AIR—"*Shall we gather at the river.*"

RISE Good Templars to the rescue!
  Muster wherever you be;   .
Thousands made happy wait to bless you,
  Thousands still wait to be free.
While round our worthy chiefs we gather,
Wife, daughter, son, husband, father,
Boldly determine altogether
  Our land from Intemperance to free!

Marshal our lodges to their numbers,
  Firmly abide by our laws,
Wake fellow-mortals, from your slumbers,
  Wake to the claims of our cause!
While round our worthy chiefs we gather,
Wife, daughter, son, husband, father,
Boldly determine altogether
  To win all the world to our cause!

True to the pledges that bind us,
  Proud of the honours we wear,
Leaving the dead past behind us,
  Onward to victory we bear!
While round our worthy chiefs we gather,
Wife, daughter, son, husband, father,
Boldly determine altogether
  That drink shall no longer ensnare.

I

Bound by love's ties one to the other,
　　Helpful at all times we stand,
Make but the sign of a brother,
　　Give but the grasp of the hand.
While round our worthy chiefs we gather,
Wife, daughter, son, husband, father,
Boldly determine altogether
　　To banish the curse from our land!

Lift then your voices in the chorus,
　　Whilst gaily we march along;
By those bright banners waving o'er us,
　　Right shall prevail over wrong!
While round our worthy chiefs we gather,
Wife, daughter, son, husband, father,
Boldly determine altogether
　　That right shall triumph over wrong.

WHO ARE THE HEROES?

Who are the heroes?—the men who labour.
Who are the kings?—the brave who toil,
Not by the rifle, not by the sabre,
　　Claim we a right to the fruits of the soil.

What though we own no fertile acres,
What though no lands in tenure we hold,
Ours is the might, for we are the makers—
Ours are the hands that gather the gold.
　　Who are the heroes?—&c.

We are the sinew and bone of the nation,
We are the walls our isle to defend;
Firm is the throne that has for foundation,
The hearts of a people on whom to depend.

Who are the, &c.

Down with all tyrants! away with oppression!
What though our land be an isle of the sea,
Earth is our workfield, noble our mission,
Let who will worship wealth. we are the free!

Who are the, &c.

Treasures of home, so dear to our bosoms,
Be our endeavour still to improve,
Dear to the workman his fair buds and blossoms,
Faithful his friendship, deathless his love.

Who are the, &c.

May the Almighty still guard and defend us
From every vice that would us ensnare;
Shades of our fathers! to bless, still attend us,
God bless the labourer still be our prayer!

Who are the, &c.

YE DAUGHTERS OF BEAUTY.

AIR—*"Jenny Jones."*

YE daughters of beauty, with charms so bewitching,
  So modestly winning and dear to us all;
Our life's sweetest treasures—our homes so enriching,
  Fair maidens and mothers, on you do we call.
Strong drink like a river your pathway is strewing
  With the wrecks of the noble, the good, and the
      gay;
O lend us your aid then, to stem the wide ruin
  Now blighting the flowers on your love-lighted way!

Our homes are invaded with dark Desolation,
  There's danger wherever the wine-cup doth flow;
Then pledge your fair hands to resist the temptation,
  Nor stain your red lips with those waters of woe.
Lift up your bright glances, put on all your beauty—
  Your holy affections—your God-given dower;
Such weapons are mighty—awake to your duty,
  The trophies you gather will add to your power.

How noble your mission, when kindly ye hover
  Like angels of light round the pillow of pain;
The father, the brother, the husband, the lover,
  Are calling you now to restore them again,
Then join our endeavours again we implore ye,
  Lo! thousands to Bacchus are bending the knee;
The rescued will bless, and the good will adore ye;
  Your tears to the captive—your smiles for the free.

OOR BONNIE WEE BAIRNS.

AIR—"*Lucy's Flittin'*."

To me Caledonia, how dear are thy mountains,
  Thy hills o' red heather, and dark waving ferns,
I lo'e thy deep glens, wi' their clear gushin' fountains,
  But dearer than a', are thy bonnie wee bairns!

In toons on the pavement, in fields 'mang the gowans,
  Wherever I meet them my heart to them yearns.
Their een like wee starries, their lips like red rowans,
  It mak's me feel young when I gaze on the bairns.

The raptures o' him wha is blest wi' a dearie,
  Nae auld bach'lor bodie need e'er think to learn—
The cosiest hame aye seems dowie an' eerie,
  Till sunn'd wi' the smile o' a bonnie wee bairn.

The laurel o' fame on my broo wad soon wither,
  For riches an' grandeur still less am I carin',
But gie me the bliss o' a leal-hearted faither,
  When first to his bosom he clasps his wee bairn.

Yon statesman wha toils for oor guid, an' oor glory—
  Yon hero wha fechts, while he gallantly earns
A name an' a place in the annals o' story,
  Ance danc'd on the green wi' oor bonnie wee
    bairns.

Oor bards o' langsyne still enliven an' cheer us,
 The martyrs still speak frae their auld mossy cairns,
While the bluid that ance fir'd oor auld poets an'
   heroes,
 Still mantles the cheeks o' oor bonnie wee bairns.

Can there be a faither sae base an' unfeelin',
 As squan'er the wee pickle siller he earns;
When death's icy fingers are roun' his heart stealin',
 He'll min' the sad looks o' his wee hunger't bairns.

Then O! let us keep their wee hearts frae temptation,
 The loon wha wad wrang them I'd hae put in
   airns;
The glory an' pride o' oor auld Scottish nation—
 Her health an' her wealth, are her blithesome wee
   bairns.

ADDITIONAL POEMS AND READINGS.

A FAITHER TO YE A'.

A SANG ABOOT PUIR WEANS.

O WHA's aucht thae wee bairnies? I aften hear folk say,
As cheerily alang the road we march on ootin' day,*
Wi' lichtsome heart an' lithesome step, to breathe the
    caller air,
Weel happit a' frae heid to heel, an' watched wi' lovin'
    care.

They're only puirshoose weans, my frien's; nae doot ye
    think it queer
That they should play like ither bairns, an' lauch as lood
    an' clear,
Jist like yer ain wee tots at hame, as tosh, weel-kempt
    an' braw,
While as for me, I'm, as ye see, a faither to them a'.

---

  * Some three years ago the members of Govan Parochial
Board kindly agreed that the children of the House should be
taken out occasionally to the country for a walk, under the
care of their teacher and myself. It was further agreed that
they should be permitted to romp and play for, at least, an
hour, every afternoon in the wood at Merryflatts

Sae come awa', my bairnies a', the days are growin' lang,
The birds are waitin' in the wud to warble ye a sang;
The gowans glint amang the grass, the birds are on the
    tree,
While saft an' lowne the sunlicht fa's frae heaven on
    you an' me.

The muckle-hoose is nae disgrace, nor yet that ye are
    puir;
An', God be praised, ye're no' to blame for ocht that's
    sent ye there:
Nae doot ye miss the loved an' lost, yer mithers maist
    o' a',
But never heed while here am I, a faither to ye a'.

Hoo sweet the blithe wee birdies sing, sae weel they
    love the Spring,
An' blither yet they'll be to see ye dance in merry ring;
Here in the wud, ye'll sport an' play, like lambs upon
    the lea,
An' when ye're tired, or oot o' breath, jist sit an' rest
    a-wee.

Syne roun' ye go at jingo-ring, or row-chow doon the
    brae,
Meanwhile the laddies by themsel's will rin, an' jump,
    an' play
At "rounders" in the open space, or smugglers in the
    shaw,
While in yer games I'll join mysel', the blithest o' ye a'·

It's oh, but bairns are bonnie ! hoo I like to see them rin,
Their sunny locks o' wavy gowd a-streamin' in the win',
Their gleefu' lauch like siller bells, their e'en wi' mirth
    alowe,
Their lips like dew-wat roses, an' their cheeks wi' health
    aglow.

The lassies a' sae licht o' heart, the laddies wud wi glee,
The very craws keek ower their nests to get a blink o' ye;
Gin there's ae hour in a' the day that passes swift awa',
It's when we're in the wud, an' me the faither ower ye a'.

An' gin some dark cloud in the Wast should hide frae
    us the sun,
An' rattlin' hail or thun'er-plump fa' peltin' to the grun',
We'll coorie in aneath the hedge, or closely cuddle doon
By yon auld wa', whaur, cheek to cheek, an' wee han's
    linkit roun'—

Tell owre yer wee life-histories—methinks even I could
    tell
O' sunless days an' loveless weird that I hae dree'd
    mysel';
An' should the tear o' sympathy aboon some wee cheek
    fa',
We'll kiss't awa', for weel ye ken I dearly lo'e ye a'.

Wha daur look doon on sic as ye, oor ain sweet kith
    an' kin?
For we are a' John Tamson's bairns whatever sphere
    we're in,

The dairy frock an' daidlie.nae ane should e'er despise,
For even a puirshouse wean may be an angel in disguise.

An' 'tweel ye're angels a' to me, in ilk wee guileless
    face
The tender look o' Him wha blest wee bairnies I can
    trace,
And I, like Him, will love ye, dears, while I hae breath
    to draw,
An' some day hence ye'll think o' him wha dearly loved
    ye a'.

A PLEA FOR THE BAIRNS.

PITY me ! an' wha's this, toddlin' by my side,
Lichtsome as some fairy, rosy as a bride ?
Woman-like her ways, too, though in years a bairn—
Something here for you, Jamie, something here to
    learn.

Hankerin' half a step behin', blate-like and sweet,
Hidin', half in modesty, twa wee feet—
Twa wee lily feet, shaeless an' bare,
Stockingless her wee legs, nae less, I declare !

On her heid a croon o' gowd, placed by Natur's han',
Sunny ringlets wavin', shinin' like the dawn,
Pairtit on her snawy broo, whaur twa bonnie een
Hide aneath their lang lashes, fearin' to be seen.

Yet, for a' that's on her back, faith, I wadna gie
Scarce a groat for a' the lot—but what's this I see ?
In an' oot, roun' aboot, tags an' tatters hing,
Frock an' peenie, baith alike, ready to tak' wing.

Sunny locks an' duddie claes dinna weel agree,
Somewhar there's a screw lowse, whaur can it be ?
Leddies flauntin' in yer silks, lo'esome an' braw,
Think o' bairns wi' bare feet wadin' 'mang the snaw.

O, that, like the birdies, bairns had bits o' claes
On their backs when they are born, to last a' their
        days ;
For, gin like the wee birds, they had wings to flee,
Bairnies wi' bare feet seldomer we'd see.

Oh, that sic an angel were a bairn o' mine,
In the best that gowd could buy I wad busk her fine,
Press her to my heart, an' kiss—kiss her owre again,
Syne, on bended knee, bless God for the darlin' wean.

"Bonnie lassie, micht I ask, what brings you here
In the morn so early, far owre soon, I fear ?
Surely ye've a mither, bairn ? yer faither, he'll be
        deid ?
Or to rise sae early, sure, ye wadna need."

"Ay, I hae a mither, sir, guid as guid can be,
A bonnie baby-brither, too, a stout wee man is he ;
But, oh, my faither lo'es the drink, as ony ane can tell,
An' lea's us penniless at hame, to battle for oor'sel'.

Whiles, when mither takes her bed, an' naething
    comin' in,
I dae my best to tak' her place, an' bits o' errands rin
For neebors wha are kin' to us, though little they've
    to spen',
Nae doot it's hard, but somehoo, sir, we manage aye
    to fen."

My heart ran owre for the bit wean, my e'en wi' tears
    were dim
The while I drew her to my side, an' kindly spak' o'
    Him
Wha watches owre His human flock, His lambs, wi'
    tender care,
Wha lo'es an' feels for a', but maist, the helpless an
    the puir.

Tak' pity, Lord! upon thy bairns, and drive strong
    drink awa',
The rulers of the lan' gar pass some needful liquor
    law,
To steek up a' the drink howfs, the big as weel's the
    wee :
Mak' hame to be a paradise, and bairnies sing wi' glee.

CUTTY SARK;

OR, THE FOUNDLIN' DOLL.

JEANIE.*

SINCE ye hae been awa, faither, for twa nichts an' a
day,
Come, tell us whaur you've been, an' what friens ye
hae been wi' ?
Come, tell us a' thy news, an' the ferlies ye hae seen,
While aiblins in yer wallet, ye hae something brocht
to Jean.
Say, were ye wanderin' by yersel' in green wuds far
awa,
In search o' ferns an' mosses ? an' bonnier than a',
Blue milk-worts an' forget-me-not's, an' blawarts frae
the brae ?—
Ye're hidin' them frae me, faither, jist as ye used to dae.

FAITHER.

It's past the time o' flowers, Jeanie, but oh ! the wuds,
the trees,
Are steeped in gowden splendour as they bend before
the breeze ;
There's ruddy hips upon the brier, while haws o'
darker hue
In clusters hang frae ilka hedge to tempt wee laddies'
mou' :

---

* A choice specimen of my little flock at Merryflats.

So haud yer lap, for I hae brocht to ye a denty wheen,
To mak' a string o' coral for my wee fairy queen.
An' here, nae less, for thy sweet lips a thing ye'll like
    to pree,
This rosy-cheekit apple that a leddy frien' gied me.

JEANIE.

Thanks, faither ; but there's something mair, I see it
    in thy look,
Whaur aften I can read thy thochts as in a prentit
    book ;
I see it in thy pawkie een, their lauchin' licht tells me
That ye hae something in your pouch ahidin' still
    frae me.
Sae lug it oot—losh me ! a doll ! an' yet it isna' new,
An', puir wee lamb ! a fearfu' cut adoon its bonnie
    broo !
Its wee bit nose clean cleft in twa, a hole dang in its
    chin ;
Sic cruelty to a bit doll maun surely be a sin.

FAITHER.

Aye, Jeanie, lass, the puir wee thing has had its weird
    to dree,
As we crossed owre a stibble field, my frien Balfour
    an' me,—
We spied the wee thing 'mang the yird, whaur in the
    cauld it lay,
Its scant wee sark clung to its back, an' spattered
    ower wi' clay.

I took the wee thing in my han', but when its face I saw
A' cloured an' cut, an' oot o' shape, I thocht tae fling't
  awa ;
But while I swither'd in my mind, I heard a voice
  within
Say, " There's a dear wee lass at hame will gladly tak'
  her in."
Forbye, it held up to my view ae wee uplifted han'
As gin it said, " Tak' haud o' me, for hame to her I'm
  gaun."
I ken't ye'd tak' it to your heart, altho' withoot a name,
For ilka thing in human shape oor sympathy should
  claim.

JEANIE.

Aye, that will I, tak' ye nae fear, I'll busk her like a
  queen—
But say, was't you that wash'd her face, an' made her
  trig an' clean ?
Her wee 'oo'n sark's a bonnie sark, though scant as
  scant can be,
But ye maun mend her nose, faither, an' patch her
  chin awee.
I won'er wha the lassie is that aucht the wee doll-
  wean ?
Wha had the heart to fling her oot amang the weet an'
  rain ?
I only wish, when she grows up to mitherly estate,
Her ain wee tots—sweet gifts frae heaven, may hae a
  kinder fate.

FAITHER.

I took her to the sink, my lass, as sune's we got her
  hame,
To wash her face, when Mrs. B—a kind an' couthie
  dame,
Wha should hae been a mither, wi' sweet bairns to
  rant an' reel—
She took an' washed the wee doll-wean, her cutty sark
  as weel.
An' though it was the Sabbath day it was nae sinfu'
  deed,
When heavenly impulse rules the heart we thinkna on
  oor creed.
An' noo that ye're her mither, an' hae heard my
  simple tale,
What signifies a broken nose, sae be the heart be hale?
An' lastly, she maun get a name, for, though wi' you
  she's safe,
It wadna dae to hae it said that she's a nameless waif;
An since there's nocht aboot the bairn her pedigree to
  mark,
The best thing we can dae, I think, is ca' her Cutty
  Sark.

A KISS FRAE A BAIRNIE'S MOU'.

It's here we get mony a foretaste o' heav'n
  An pleasures richt mony, I troo,
But I maun declare there's nocht to compare
  Wi' a kiss frae a bairnie's mou'.

Sae sweet, oh, sae sweet! are the wee hinnied lips—
  Like rose-petals wat wi' the dew;
While wee han'ies clasp roun' yer neck like a hasp,
  To reach ye the wee rosy mou'.

Langsyne—as we read—when the Maister Himsel'
  To His bosom the wee lambies drew—
I canna help thinkin' He'd kiss ane an' a',
  An' pree ilka rosy wee mou'.

I see them, methinks, wi' their wee tousie heids,
  An' scant in their cleedin', maybe,
While shaeless an' sockless, nae less, the wee feet,
  That danced on the Maister's knee.

Sad, sad were the days oor dear Lord spent on earth,
  The pleasures He had were but few;
But a glow frae aboon wad come back to His heart
  As He kiss'd ilka rosy wee mou'.

O man, brither-man! wi' fause pleasures misled,
  An' the keel-mark o' Cain on thy broo,
Gin ocht oot o' heav'n that stain could efface
  It's the kiss frae a bairnie's mou'.

K

Then clasp to thy bosom some guileless wee wean,
   An' gaze in its twa een o' blue ;
An' like me ye'll confess there is nae blessedness
   Like the kiss frae a bairnie's mou'.

Jist ae ither word—it's the will o' the Lord
   That they wha His followers be,
When tempted an' tried, in His love should confide
   Like the wee tots that danced on His knee.

AN AULD MAN'S SANG.

Though I'm an auld man, as ye see,
The greatest bliss on earth to me
Is when oot-by upon the lea
   Wi' a' the bairns aroun' me.

When win's blaw saft an' skies are blue,
An' flowerets deck the dells anew ;
The sweetest flowers to me, I troo,
   Are blythesome bairns aroun' me.

The birds, the flowers, the hills, the trees
Pit on their best oor een to please ;
But oh, there's nought my heart can heeze
   Like winsome weans aroun' me.

Their rosy lips, their een sae clear,
The fun, the frolic, an' the steer,
The ringin' lauch, the rousin' cheer,
   Mak' heaven within an' roun' me.

An' when in some wee lassie's face
The lines o' sorrow I can trace,
I fauld her in my fond embrace,
   An' draw my plaid aroun' me.

For, oh, it's love alane can cure
The heartaches auld an' young endure;
Then let it flow to rich an' puir
   Unstinted still aroun' ye.

TO THE CORNCRAKE.

THY craik, craik, craik, isna comely to the ear,
An' yet there arena mony soun's I like sae weel to hear;
For it tells o' comin' summer wi' its whiffs o' hawthorn
   sweet,
O' Westlan' win's an' gowden whins, an' rustlin' o' the
   wheat;

O' fields wi' snawy daisies pied, o' crystal streams that
   glide
Whaur wild rosebuds in beauty smile, an' shy wee
   violets hide;

Whaur maukins dern amang thy fern, an' birds, in
    bush and brake,
In silence sit to hear at e'en, thy craik, craik, craik !

Oh, viewless bird, lang hast thou been a mystery to me,
Hoo aft I've scampered through the corn to get a
    glimpse o' thee ;
Led onward by thy mockin' cry, the faster wad I rin,
When a' at ance thy cry I'd hear a score o' yards behin'.

Thae days are gane, yet, ne'ertheless, that cry is dear
    to me,
It flegs awa' the wintry win's, John Frost we nae mair
    see ;
The blithe wee lambs jink roun' the knowes, and gi'e
    their tales a shake,
Amused to hear frae 'mang the bere thy craik, craik,
    craik !

They say ye arena bonny, but a queer lang-leggit thing,
In colour no' unlike a rat, short tail and stumpy wing ;
But, by my feth, ye use yer legs, and stumpy wings
    forbye,
When ye betray yer whauraboots wi' that unbird-like
    cry.

Anither thing that gars me love, strange bird, thy
    raspin' strain,
Ye bring to min' my youthfu' days, when sorrows I
    had nane,

When oot I stole at e'en to meet the lass that noo's my
    maik;
The signal o' her comin' was thy craik, craik, craik !

But when we flitted to the toon, a' this was left behin'
For the wail o' wae and poverty, the cursin' an' the din—
The fruits o' drink; on ilka han' dirt, idleness, an' crime;
For God's green fields, fresh air, an' skies, wide wastes
    o' stane an' lime.

Oh, little ken oor kintra folks hoo priceless are their
    gains;
Though fain to hie them hame at e'en to rest their
    weary banes;
Nocht ken they o' oor sunless days, the nichts we lie
    awake,
To list the din o' rain an' win', but ne'er a craik, craik!

The scythe has shaved the meadows bare, the craps are
    gethered in;
Weird soun's o' sad forboding come frae wavin' wood
    an' linn;
Sune winter blae will bear the sway owre mountain,
    mead, and lake,
Yet, gin we're spared, we'll hear ance mair thy craik,
    craik, craik !

EPISTLE TO J. P. REID.

A YOUNG POET.

An' sae ye thocht, my youthfu' frien,' that Nick had
  sailed awa'
Across the river to that bourne nae mortal ever saw ?
Whaur Rhadamanthus an' the lave in solemn conclave
  sit ;
But, thanks be to the Lord aboon ! he's no' deid yet.

Ye say ye haena heard his lilt for gudeness kens hoo
  lang,
An' fear he's gane anither gate to sing a sweeter sang ;
But whether through wanchancie fate, auld age, or in
  a fit,
Ye dinna ken—but never heed, he's no' deid yet.

Ay, leevin' still, nor like to dee, but hearty, hale, an'
  weel,
Though mony a stey an' staney brae through life he's
  had to spiel ;
But there were lowne nooks on the road invitin' him
  to sit,
An' scribble doon his thochts in rhyme, as he does yet.

To him the birds chant as o' yore, the daisy on the lea
To him unfaulds her spotless frill, her gowden heart
  to see ;
The butterflees as bonnily oot owre the meadows flit—
Sae, as ye see, 'tween you an' me, he's no' deid yet.

He's still as fond o' bits o' bairns, though in the
    " House " they be,
An' still a fouth o' wisdom frae their guileless lips
    gets he ;
An' mony a bonnie blink o' Heaven through them he
    oft does get—
Nae won'er he's sae thankfu' that he's no deid yet.

Wi' staff in haun he stoits alang the brig that Mirza
    saw,
An' sune he'll reach the broken arch whaur mony reel
    an' fa',
Whaur sullen rows the flood below, as dark as ony
    pit—
Sae let it be ! but while we're here, we're no deid yet.

Life here 's a lottery at the best ; last year, nae faurer
    gane,
Death claimed oor frien', the author o' the " Drunkard's
    Raggit Wean ; "*
Unwarned, unlooked for by us a', the fatefu' arrow hit,
An' noo he's better aff than him that's no deid yet.

Wha likelier to live than he ? sae fu' o' life an' fun,
Whase heart gied oot to a'body aneath the shinin' sun,
A faithfu' frien' a poet sweet, an' fu' o' mither wit ;
But while his sangs remain to us, he's no deid yet.

---

* Mr. James P. Crawford, *alias* Paul Rockford.

Come life, come death, it's a' the same, we little hae
    to fear,
Oor God is guid to a', or else he wadna sent us here;
Yet, till frae Him we get the ca', it's time aneuch to flit,
Then let us ser' Him while we may, we're no' deid yet.

TWO LITTLE MAIDENS MINE.

I LOVED two little maidens once,
    One eight, the other ten;
Myself a man of middle age,
    And just like other men.

And still amongst the folks around
    The wonder seemed to be
That I should fall in love with them,
    And they in love with me.

Yet, ne'ertheless, it is a fact—
    And facts are stubborn things—
Two love birds fluttered to my breast
    And folded there their wings.

Twin flowerets by a mossy stone,
    All beautiful did bloom,
Spread all their wealth of tender leaves,
    Shed all their sweet perfume.

Perhaps the strangest thing of all
   Is this I'm going to tell,
My. two sweethearts while loving me,
   Each other loved as well.

No canker-worm of jealousy
   To torture and make sad;
Pure in themselves, all love, all trust,
   Their hearts were ever glad.

And all this store of innocence,
   Affection, joy, and truth,
Surrounding like an aureole
   My Naomi and Ruth.

They brought to me at close of day,
   When by the hearth we'd meet;
With added smiles and fond caress—
   Heart-offering, oh, how sweet!

They came to me at evening tide,
   So much they had to tell;
Dear Bessie with the sunny locks,
   And dark-eyed Isobel.

And when the flowing gold and jet
   Upon my bosom lay,
The one I called my Queen of Night,
   The other, Dawn of Day.

Then would I clasp my golden Dawn
   All dewy to my breast;

Then in the thoughtful eyes of Night
   Find joy and peace and rest.

And all the while they'd prattle on,
   Sweet speech ran like a rill
From rosy lips that would not rest
   While mine with joy were still.

Oh, perfect friendship! purest love!
   As priceless as 'tis rare,
Surpassing far when realised
   The bliss of wedded pair.

Of all on earth I've striven for—
   Truth, honour, knowledge, fame,
Success in life, and more than all,
   A poet's deathless name—

I've now, thank God, two loving hearts,
   As guerdon and reward,
Twin angels lent me for a time,
   To solace, guide, and guard—

My soul from evil thoughts, and troops
   Of persecuting ills.
A soul athirst, to me they brought
   Heav'n's pure refreshing rills.

I deemed the wealth thus fallen to me
   Might lastingly endure,
To purify my heart and life,
   As childhood's love is pure ;

Where are my darlings now? you ask—
　Ah, me, they are not dead ;
Yet none the less am I bereft,
　For both have long been *wed.*

TWO LITTLE ANGELS.

Two little angels all in white,
Come to my chamber every night ;
Raiment of childhood, pure and sweet,
Touching the floor where little pink feet
　　Play in and out at hide and seek.

Close-fitting mob-caps, faultlessly neat
Framing two faces—oh, how sweet !
Where from under each oval frill,
Golden threadlets wander at will,
　　Just a hint of the wealth within.

Rosy lips parted, love-lit eyes,
Bright as the morning enkindling the skies ;
Say, could a vision more beautiful be ?
Each with a message of love to me—
　　Just think ! with a message to me.

Two little mouths held up to be kiss'd,
Two little heads to be fondly caressed ;
Come to my bosom, then, leaving while there
Scent of June roses to sweeten the air—
　　One kiss at at a time, dears ! Just one and away.

Softly the door closes, fain would I sleep,
But, my heart follows, for one other peep;
Kneeling in snowy crib, lisping a prayer?
Weary lips closing down peacefully there?
　　Ah no! my two lambs are not there.

Gone to another home, ask me not where,
Sweet in their angelhood, smiling and fair;
Waiting to welcome me, welcome me home,
There, with them, hand in hand, gaily to roam,
　　Seeing no longer in dreams.

What was their errand? you ask—let me see—
Ay, friend, you are right, 'twas a message to me,
I'd almost forgot, in my foolish delight—
Draw near, let me whisper't 'twas—"Grandpa, good
　　night!"
　　My darlings, I answer—Good night!

WHAT'S THE MATTER?

WHAT's the matter? what's the matter?
That a woman, and a daughter
Of that God who made us all,
Should from womanhood thus fall,
All her sweetness turned to gall,—
　　What's the matter? what's the matter?

Fair by nature, and still young,
Yet with rags and patches hung!

Hair dishevelled, bloodshot eyes ;
Would thy mother, in this guise
Know her once-beloved daughter ?—
    What's the matter ? what's the matter ?

In her laughter there's no mirth ;
Cheeks where dimpling smiles had birth,
Dirt-begrimed and hollow now ;
Seam'd with care the youthful brow ;—
Urchins point the finger at her —
    What's the matter ? what's the matter ?

Eyes that once were like the dawn
When the night-clouds are withdrawn ;
What hath quenched their joyous light ?
Whence this soul-eclipsing blight ?
Soul, once pure as sparkling water !
    What's the matter ? what's the matter ?

Gleam of crystal, glare of brass,
Hold her eye, she cannot pass.
Child of wretchedness and sin !
Wilt thou, woulds't thou venture in ?
Hopeless woman ! Eve's frail daughter !
    Ah, I see *now* what's the matter !

Drink, that source of countless ills,
Holds her in his grasp, and fills
Heart and brain with deadly poison,
Blights and blasts Life's fair horizon.
Word, and look, and rag, and tatter
    All proclaim, Drink is the matter

God, who made yon star-gem'd roof,
For how long shall this vile hoof
Tread thy children under foot—
Sink the man, exalt the brute—
Even fair woman bruise and batter ?
    Oh, that we could mend the matter !

Till by some great purpose fired,
Men may preach till they are tired ;
Tongue nor pen can ne'er reveal
What Drink's countless victims feel ;
Deeds we want, not wordy patter,—
    These alone will end the matter.

DRAW THEM IN.

DEDICATED TO THE UPHOLDERS OF THE
DRINK TRAFFIC.

Ho ! ye that live on drunkards, who make working
    men your prey,
Vile vendors of those maddening drinks that steal
    men's wits away,
To help your brother-man to rise from ignorance and
    sin
        Were better ; but, no matter,
        Draw them in, tempt them in.

To rest, refresh, and comfort us, you promise—that is
    well—

Yet all the while ye're leading us the downward
   march to hell ;
To lead us to the higher life, away from dram-shop's din,
      Were better ; but no matter,
      Draw us in, wile us in !

You take from men their hard-won gains, what give
   you in return ?
Food ? raiment ? nay ! but liquid fire their brains to
   scathe and burn.
Had they but wit to see the wrong they do to kith
   and kin
      'Twere better ; but, no matter,
      Draw them in, suck them in !   .

Your wives and daughters flaunt about in silks and
   satins fine,
While poor men's wives and little ones in want and
   misery pine ;
Your wives are like the lilies, which do neither to'l
   nor spin,
      While ours are—but, no matter,
   .   Draw them in, tempt them in !

All we've toiled for, ye have taken ; with our earn-
   ings ye have built
Princely fortunes, regal mansions—are your hands
   quite clean of guilt ?
Oh, my brothers ! had ye but the sense to keep the
   wealth ye win,
      'Twere better ; but, no matter,
      Stagger in, stumble in !

That poor woman on the pavement, how she shivers in
 the cold ;
And no wonder, since her petticoat for whisky she
 has sold ;
Pure water, to allay her thirst, and purify her skin,
   Were better ; but, no matter,
   Have her in, haul her in !

Know ye not the heavens are weary of the dirty work
 ye've done.
For ye pander to all evils that exist beneath the sun.
If murder, theft, and lewdness to your trade were not
 akin,
   'Twere better ; but, no matter,
   Draw them in, drag them in !

Ye ministers who preach God's Word, yet fail to do
 His will,
No longer lift your voice against our nation's vice
 until
The demon ye have ousted both from cellar and from bin.
   That were better ; but, no matter,
   Preach away, right shall win.

There's a glorious time yet coming, may God speed
 the happy day !
Then idleness will be a crime—to work will be to
 pray ;
When drunkenness will cease to be our country's
 crying sin ;
   And we'll scatter while we batter
   Down the dens that sucked us in !

AN AWFU' NICHT.

THE worryin' win's took a grip o' the wuds,
  An' tore at their branches bare,
Syne cam' to oor door wi' a thud an' a roar,
  Gart me spring to my feet on the flair.

I drew in my chair to the chimla cheek,
  An' sat till the wee hours had sped;
For, oh, it's sae eerie, sae lanesome an' weary
  To lie on a bachelor's bed.

I pottert the ribs an' chappit the coal,
  Yet for a' feint a bit wad it bleeze,
Sae I crap to my bed, drew the claes owre my heid
  An' up to my chin my twa knees.

I tried, but in vain, to droon oot wi' my snores
  The wild hurly-burly withoot;
But the looder it grew as the weird lichtnin' flew,
  Till my heart fairly duntit wi' doot.

Wi' doot? na, wi' dreed, for as trumlin' I lay,
  An' thocht on my sorrowfu' plicht,
My life's sunless days and bachelor ways—
  But I vowed they should end wi' that nicht.

An' I keepit my vow, for noo, as ye see,
  I'm laird o' this cosy bit cot,
An' nae langer complain sin' noo I hae ta'en
  A dear lassie to sweeten my lot.

L

Noo the win' an' the rain may daud at the door,
   An' the bolts o' the leven' flee past,
While Susie sits there in her snug nursin' chair,
   I heedna the howl o' the blast.

NEW VERSION O' AN AULD RHYME.

"O, I'LL tell my mither when I gae hame,
That the lads'll no' let the lassies alane;"
But, odsakes, I'm thinkin' my mither will say--
It's the lassies that lead the laddies astray.

For mither's an auldfarrant body, ye ken,
Weel read in the failin's o' women an' men;
But guid keep us a', when it's only in fun—
For courtin' in earnest I haena begun.

I'll jist speir at my mither when I gae hame
Gin likin' the lads be a sin an' a shame;
An' hoo it cam' roun' that my faither an' she
Got buckled ava withoot daffin' a wee?

It's queer that the auld should forget their young days,
Their lauchin' an' daffin' an' deil-ma-care ways;
It's a pawkie auld sayin' and true as the steel,
That auld heids on young shouthers dinna sit weel.

If true, as she says, that young folks when they're wed
Sune tire o' ilk ither, an' think they're misled,

I'm fairly determined gin that be the law,
To hae oot my daffin' while yet we are twa.

Yet for a' to my mither, ance I were hame,
I'll tell my heart's secret, an' think it nae shame,
An' she'll tell me what's richt, an' daut me fu' fair,
For she'll see hersel' young in her dochter again.

THE FAIR MAIDS O' FEBRUARY.*

The Fair Maids o' February cam'na the year
Till the wee month had gane an' the March win's
    were here.
An' doon frae the hill-taps they bitterly blew,
While the querns o' the snawdrift like sharp needles
    flew.

The grun' was like airn and a' withered the buds,
An' no' a green leaf to be seen in the wuds;
Sair, sair lay the burden o' hardship an' care,
For hope in oor hearts had gi'en place to despair.

Ere yet the snaw-wreath felt the flush o' the sun,
Or John Frost had let go his snell grup o' the grun',
A bonnie wee flooer raised its saintly white bell
In oor dowie kailyaird in a neuk by itsel'.

---

* Old name for snowdrops.

In spite o' the cauld drift, the ice-tempered breeze,
The frown o' the lift, and the sough o' the trees,
She lifted her head wi' the air o' a queen
An' daintily shook oot her kirtle o' green.

With rapture I hail the sweet herald o' spring ;
Noo the blackbird will pipe an' the mavis 'll sing ;
Ance mair the blithe daisies will dapple the lea,
An' catkins o' silver bedeck the saugh tree.

O Fair Maid o' February ! peerless as fair,
Sweet-breathed as the lily, with beauty as rare :
First flooer o' the grass-plot, white star o' the lea,
Like Bethlehem's thou bringest gladness to me.

A voice frae the far land, a sign frae beneath,
Proclaiming to mortals that death isna death :
A token o' mercy, a symbol o' love,
A ray frae the shining white glory above.

FISSIDENS BRYOIDES.

O' A' the plants that ere I saw,
    There's nane sae fair, I ween.
The wee'st, fairest, sweetest thing
    That e'er wore tint o' green,
      Is Fissidens bryoides.

In shady nook, beneath a bank,
  Whaur briar an' bramble twine,
It modestly had made its hame,
  An' spread its naipery fine—
    Wee Fissidens bryoides.

I slipped it' neath my keekin' glass,
  An' there, amazed, I saw
Wee bonnie, green, owre-lappin' leaves
  Spread oot in double raw—
    'Twas Fissidens bryoides.

An' frae ilk stem a tiny shaft
  Bore urns sae ripe an' roun',
Wi' ring o' crimson fringe adorn'd,
  Like ony kingly croon—
    Rare Fissidens bryoides.

I hunted through my Botany-book
  To get the wee thing's name;
When, to my joy, I fand at last
  It was a plant o' fame,
    This Fissidens bryoides.

That fairy moss the traveller * saw
  In desert waste, langsyne,
When on the san's he laid him doon
  To dee through want, and pyne—
    Was Fissidens bryoides.

---

* Mungo Park.

As though an angel frae the lift
  To him had lichtit doon,
The wee thing filled his soul wi' joy
  An' faith in Heaven aboon—
    Blythe Fissidens bryoides.

An' while time lasts, wee darlin' moss,
  Thy beauty we'll revere,
For Mungo's sake, whose deeds o' fame
  To Scottish hearts are dear—
    Fair Fissidens bryoides.

Nor think, wee moss, that I'm the less
  O'erjoyed to meet wi' thee,
Wha in my heart get mony hints
  O' heav'n frae things I see—
    Dear Fissidens bryoides !

Yet, things like thee, sae sweet and wee,
  Men pass unheeded by ;
No kennin' God dwells in the moss,
  Nae less than starry sky—
    Ah, Fissidens bryoides !

SIGNS O' SPRING.

Oh, weel, weel I ken when the springtime is near,
When deep in the woodlands the mavis I hear,
Or the flute o' the merle in the woods o' Shieldha',
Or wee robin's sang, far the sweetest o' a'.

Oh, what mak's the craws, when the March-days begin,
To flichter an' flee an' to mak' sic a din?
They are walin' their mates an' sae crawin' fu' croose,
Enjoyin' the pleasure o' takin' up hoose.

As weel ask the lads an' the lassies, I ween,
What gars them steal doon by the burn-side at e'en,
A-courtin' an' cooin' like wood-dove wi' dove—
There's a spirit abroad, an' the name o't is Love.

There's a power in the air, there's a spirit abroad,
It smiles in the sunshine, it stirs in the clod;
It sends the wee bairns out to dance on the green—
The glow to their cheeks an' the licht to their een.

Oh, love, blessed love! life without thee were vain;
Sae pure an' sae precious, to mak' thee oor ain
Were worth a hale lifetime o' sorrow an' care;
Gie me this ae treasure, I'll ask for nae mair.

Noo the sun in his strength, like a king, mounts his
    throne,
To weave a green robe his fair bride to put on;
Still young an' still bonnie, this planet o' oors,
She'll bask in his smile, an' he'll busk her wi' flowers.

The hedges are greenin', the snawdraps are through,
An' the cup o' the crocus wi' sun-gowd is fu',
The trees are in bud, an' the whins are in bloom,
While the hills hide nae langer their heids in the
    gloom.

E'en doon in the puirshoose, whaur winter sae cauld
Clings the feck o' the year to the frail an' the auld,
Puir bodies ance mair see the fields growin' green,
While the sleepy wee daisies are openin' their een.

The mavis sings there, whaur the trees are in bud,
An' the hyacinths hide in the Merryflats wud;
For scenes sic as these e'en the pauper's heart learns
To be thankfu'—an' then there's the blythsome wee
　　bairns,

A' loupin' an' lauchin', o'er-lippin' wi' joy,
Nae thochts o' the future their bliss to alloy.
Lord lichten the lot o' puir bodies a wee,
An' mak' spring a pleasure to them, as to me!

Then, awake, oh, my soul! thy Creator is near;
His voice in the woodlands with gladness I hear,
His steps o'er the meadow in beauty I trace,
While the love o' a Faither I see in his face.

THE DEEIN' MAIDEN.

DAE I think I'm ony better, mither?　Weel, it's hard
　　to tell.
I canna say I'm ony waur; but what think ye yersel'?
Thy face, far mair than ony glass, a mirror is to me;—
O' better health, or comin' strength, what promise dae
　　ye see?

D'ye see it in thae bluidless haun's, thae fingers lang
    an' thin ?
Thae hectic cheeks, oh! sae unlike the healthy rose o'
    June ?
D'ye hear it in this barkin' host that's like to rive in
    twa
The very heart within my breist, an' tak's my breath
    awa' ?

The mair I read thy face, mither, the less o' hope l
    see ;
But there I see a mither's love, aboon a' price to me.
Then clasp me to thy lovin' breist, an' kiss me ower
    again,
For tho' a woman, I declare I'm jist a taupit wean.

An' noo ye'll draw the blind, mither, an' let the sun-
    licht in :
There's Dickie mountit on his perch, an' waiting to
    begin
His mornin' lilt I lo'e sae weel—it's health to hear
    him sing ;
Wi' quiv'rin' wing and swellin' throat he'll gar the
    rafters ring.

There, dancin' on the wa', I see the shadows o' the
    trees,
The swayin' o' their branches, as they warsel wi' the
    breeze ;
An' tappin' on the window, I can hear them as they fa'.
The deid leaves tellin' as they pass the fate that comes
    to a'.

That fate may soon be mine, mither, but let us hope
    the best—
Life's cup is sweet, Death's ways are dark, e'en tho'
    they lead to rest.
When ane has youth upon their side, a wee thing
    brings them roun';
God ken's what's best, nae doot, for baith, sae let his
    will be dune.

Here, sittin' in my chair, mither, in comfort, like some
    queen,
I see afar the dim blue hills, the fields an' meadows
    green ;
An' nearer han' the Craigha' Wuds, in yellow, red, an'
    grey—
Sad emblems o' my failin' health and life's fast closin' day.

I see fu' mony tokens that foretell the closin' year—
The crimson haws upon the hedge, red hips upon the
    brier—
The bonnie hips, sae roun' an' ripe, and sweet to
    laddie's mou',
Or slaes that tempt his greedy gab till sourness gars
    him grue.

An' yonder, by the stubble-fiel', the poppies in a
    bleeze—
Ae blush o' glowin' scarlet, as they flutter in the breeze ;
The cranesbill wee, upon the lea, spreads laich its
    crimson leaves ;
In scarlet blooms the pimpernel whaur grew the
    autumn sheaves.

An', by an' by, the robin will be on the window sill,
In his bonnie rosy waistcoat, when the days are caulder
    still ;
An' thus the year's sad gloamin' lends to earth a ruddy
    glow
To cheer the hearts o' rich an puir 'mang mortals here
    below.

An' yonder the wee burn, mither, gleams like a frien'ly
    face,
Stealin' oot yonder frae the pool tae rin its headlang
    race ;
Noo glintin' through amang the segs, noo joukin'
    'neath the brae,
An' singin' aye the same glad sang to cheer the
    shortnin' day.

Noo loupin' like a thing o' life atween the stappin' stanes,
Glid steps that bare our paidlin' feet when we were
    bits o' weans ;
An' bairns will paidle there, mither, when you an' me
    are deid,
The burn as blythely prattle on, and tak' as little heed.

The flowers we gather'd on its banks short syne in
    dewy May,
King-cup an' daisy, cuckoo flower, primroses, whaur
    are they ?
Ilk bonnie thing seems born to dee, ae glint an' syne
    they pass,
Like to the bonnie pictur'd scenes seen through the
    showman's glass.

Hare-bell, nor blue forget-me-nots, nae starworts noo
    I see,
A' perished in their simmer pride, they lie upon the
    lea ;
For Autumn is the evenin' time, the sunset o' the
    year,
An' Winter is the year's black night, cauld, comfort-
    less an' drear.

They say I'm in a wastin' an' I'm sure to slip awa'
In Spring-time when the leaves come on, or Autumn
    when they fa' ;
In Autumn when the mune hangs braid aboon the
    ripenin' corn,
Or in the kelpie's caldron laves her bonnie silver horn:

In Autumn when the dawlies hang their heids as if
    in pain,
Sair worried wi' the gurly win', or droukit wi' the rain,
When leaves fa' thick upon the lawn an' grassy borders
    green,
Wee birds sit mute, an' flowers lie deid—a dreary
    time I ween

In Autumn when the win's low wail is through the
    key-hole heard,
An' new-made mounds o' earth rise red within the
    auld kirk-yard,
When tears unbidden frae the heart well up an' dim
    the e'e—
A weary time, a waefu' time, for ony ane to dee.

Still sadder it wad be, mither, to dee in winter-time,
Unless, like birds, we flew awa' to some mair genial
    clime ;
But though I pray the Lord aboon to guide and gie
    me licht,
The future lies as dark to me as ony winter's nicht.

Far rather wad I dee, mither, when birds wi' rapture
    sing,
When wud and mossy dell ring oot the voices o' the
    Spring :
When frae the gates o' morn the Sun steps royally
    ance mair
To clasp his bonnie bride, the Earth, high in the
    realm o' air.

For then, tho' on my deein' bed, I'd hear the bairns
    at play,
Aiblins the bleatin' o' the lambs at morn or e'enin'
    grey ;
There scent ance mair the spicy air the winds waft
    frae the pine,
While some kin' han' wad bring me in the early
    cellandine.

But, ah ! betwixt this weary time and Spring-time far
    awa',
The year's black nicht maun intervene, death's deep-
    enin' shadows fa' ;
Short sunless days—lang days to me, and lang nichts
    langer still
To sic as me, a' day an' nicht sae waukrife an' sae ill.

An' yet it micht be waur, mither; hoo sad my lot
  'wad be
Withoot thy love and constant care, aboon a' price to
  me !
Day after day, nicht after nicht, ye toil and never stint;
Sic love comes nearest the divine, there's mair than
  human in't.

Oh, isna love a wondrous thing ! there's nocht else sae
  divine,
For aye the darker looms the nicht, the mair its licht
  will shine ;
Ilk morn I meet thy anxious face ye're dearer to my
  heart,
'Twill be a sad day for us baith that day we twa maun
  part.

When cousin Bell fell ill, mither, she was a wedded wife,
Wee toddlers twa hung at her skirts, the joy o' her
  young life ;
Puir thing ! instead o' helpin' them, she couldna help
  hersel',
Death held her wi' a grip o' airn—alas, puir cousin
  Bell !

Nae toddlin' wean will mourn for me; an' yet it micht
  hae been,
Young Jamie a' but said the word last year at Hallow-
  e'en ;
An' when in thochtless glee I leuch, in pain he turn'd
  awa'—
A lad mair laithfu' in his love I'm sure I never saw.

But tho' I waited wearily, his face I ne'er saw mair,
Until the news cam he had sail'd, 'twas then my heart
    grew sair;
It's no jist that I car'd for him, but here between us
    twa,
I maun confess that whiles I feel he's biddin' lang awa'.

D'ye think he'll yet come hame, mither? that he's yet
    to the fore,
In spite o' cruel strife o' arms, an' streams o' human
    gore?
Ance he were hame, he'll maybe come to see me,
    mither, dear;
But will he be the same to me as when he gaed frae
    here?

What tempit him to gang an' list, nae difference had
    we;
'Twas a' in fun, it seem'd sae strange that I his bride
    should be.
Puir chiel, he took it sair to heart that gilpy lauch o'
    mine;
Waes me, to think I couldna see his feelin's were sae
    fine!

Yet manly was his heart, mither, an' bauld as bauld
    could be;
Unseemly act or sinfu' word brocht lichtnin' to his e'e;
An' mair sae when anither's lips owre freely breathed
    my name,
Ae look frae him the coof wad cowe, and gar him blush
    wi' shame.

Far better for us baith, mither, that we should never
    meet ;
Young hearts should meet to loup wi' joy, an' no to
    mourn and greet ;
An' yet 'twad be a comfort, an' the thocht my bosom
    warms,
To ken I drew my latest breath in my dear Jamie's
    arms.

An' even tho' I dee, mither, an' Jamie he be spared,
It's sweet to think he'll aiblins come up to the auld
    kirk-yard.
An' press the dewy daisies on my green grave when
    they dreep,
For her dear sake wha lies below—for soun'er wad I
    sleep.

But tho' we shouldna meet on earth, in heaven, wha
    kens, we may,
An' share for aye the joys that *here* are only for a day ;
The thocht o't a' but mak's me weel, I'll row me in't
    an' sleep,
An' dream than angels roun' my bed their lovin' vigils
    keep.

THE DYSPEPTIC

TO HIS STOMACH.

Puir feckless thing ! what are ye guid for ?
There's no a haet ye're in the tid for ;

The wale o' food on ye I try ;
A' kinds o' breid—oat, wheaten, rye,
Het pies an' pastries, London buns,
Shortbreid an' cheese-cakes, sally-luns ;
For dinner, mutton-chop or steak,
An' yet, for a', I'm lean's a rake,
Kyte-clung as ony reestit herrin',
A 'natomy for folks to stare on.
Ye're never pleased, dae a' I can,
But torture still my inner man ;
Nae maitter though I starve till noon,
Or tak' a meal at hauf-a-croon ;
Guid meat or ill, it's a' the same,
Ye keep my inside in a flame
Wi' acid, alkali, an' bile,
Aneuch a dizzen Jobs to rile ;
An' as for drugs, the Lord aboon
Alane kens what I've swallowed doon,
Prescribed by doctors, quacks, and tricksters,
A' kinds o' poothers, pills, an' mixtures ;
Forbye o' yirbs, frae docken leaves
To plants that grow on deid men's graves,*
Bog-trefoil and tormentil roots ;
I've even tried cauld water clouts—
Aye, clouts wat-ringing frae the well—
An' het anes tae, that gart me yell.
Yet a' in vain, the mair I try
To mak' ye weel, the mair ye fry
My entrails in yer scowtherin' pan

---

* Yarrow.

M

Was ever sic a martyr'd man?
Was ever sic a luckless mortal
Admitted through Life's misty portal?

Oh, that I could but keek within
When to yer day's darg ye begin,
Though whaur ye get the stuff to brew
Is mair than I can weel see through;
As soon's yer furnace fires ye blaw,
A' that gaes doon ye turn to ga'—
Or waur, to gas—syne stap the lum,
Till I'm bent oot like ony drum;
Wi' that ye raise an eerie din,
Like water rumbling ower a lin,
Whiles no' unlike a growlin' tyke,
Or puddocks croakin' in a syke.
When like to screech wi' gripin' pains,
The steever still ye haud the reins,
Meanwhile my quiverin' nerves ye glaum at,
An' on them play yer deevil's gammut;
Then in my brain's ilk bole an' chaumer
Ye place an imp wi' bell an' hammer;
An' thus the fiendish pantomime
Begins; meanwhile the imps keep time—
Thump, thump, pell-mell, ane after ither,
Till, clean dementit a'thegither,
I ramp an' dance, an' a' but swearin',
Like madman through the hoose careerin'.
Nae mortal kens the life I lead,
An' since for me there's nae remead,
What can I dae but wish me deid?

RETALIATION :

Or, The Stomach's Reply.

Losh, man, ye micht think shame to tell
Sic stories that condemn yersel' ;
Yer ain confession's my defence—
An' this is a' my recompense
For years o' ceaseless toil an' strife,
An' a' to save yer useless life.
An' noo to trump up sic a tale,
An' send it braid owre hill an' dale.
What was I made for ? that's the question,
Nae doot ye'll say it was digestion ;
Digestion, truly ! but o' what ?
Horse-nails, tea-caddies ? was't for that ?
Nae man will think sae wha has reason,
But to digest in proper season
What God has gi'en as human food,
That may be changed to healthy bluid ;
An' jist aneuch o't at ilk feed
To drive the mill an' ser' my need.
But 'stead o' that ye stech an' cram
Me fu' wi' dumplins, eggs, an' ham,
Green peas, sour grossets, lettuce, jam ;
Wi' oranges, musk-amons, apples—
Fit provender for dainty thrapples—
Or pentit sweetmeats—warst o' poosions—
Figs, raisens, dates, in scores an' dizzens ;
Rank puddock-stools in sauce or ketchup,
Aneuch to gar a grumphie retch up ;

Peppers—black, grey, cayenne, Jamaica—
Saliva poosioned wi' tobacco.
A' thae, an' mair, are at me flung,
Nor dae ye then pit in the bung ;
As if puir me to scad or droon,
Hale seas o' drink come gushin' doon—
I'll no say whisky, yill, or toddy,
For ye were ne'er a drucken body—
But soda water, soups, an' teas,
Till I begin to hotch an' heeze ;
What follows neist, ye ken yersel',
Black shame forbids that I should tell.

For days hoo can I but be sour ?
Digestion's clean oot o' my power ;
Frae sicna hash wha could mak' chyle,
Or ocht save vinegar an' bile,
Or foulsome gas the painch to swell ?
Lord, man, ye couldna dae't yersel',
Nor a' the chemists in creation
For you perform the operation !

Ye cram sae muckle in yer maw-hole,
Ye mak' o' me a perfect jaw-hole,
A pock to haud baith rough an' raw things ;
Or like the shop o' Jenny A'things,
Wha in the Gorbals, honest woman,
Sell't ilka thing, baith queer an' common.

To cure me ance ye tried stewed oysters,
That didna dae, syne drugs an' clysters ;

Fye, to the deevil wi' yer drugs !
As Shakespeare says, fling to the dougs
Yer physic an' yer flummery ware,
Gie me fair play, I ask nae mair ;
Gie me but caller air an' rest,
I'll dae my duty wi' the best.

Langsyne, when ye were but a bairn,
I maist could hae digested airn ;
Aye, even afore ye'd gotten grinders,
Halesale ye bolted coals an' cinders,
Glass beads an' buttons, whiles a preen—
The likes o' ye was never seen.
An' when a laddie, to the braes
Ye gaed to gather hips and slaes ;
My certy, but ye tried my mettle,
Wi' siccan troke ye stowed my kettle ;
There, side by side, lay hip and haw,
Arnuts, black-boids, an' turnips raw,
Green kail an' sourocks, ears o' wheat,
'Twas queer the thing ye couldna eat ;
Yet ne'er a bit o' ill they did ye,
But like a hawk as hungry made ye ;
Some colic-grips micht rug yer wame,
Yet aye I brocht ye starvin' hame.

But since ye cam' to this vile toon,
An' donn'd the literary goun,
Ye care for naething but the pen,
Hoo best to win the praise o' men.

Yer mental powers fain to develop,
Swith to the grave sae fast ye gallop,
Some day, I fear, will lan' us baith
Unbidden in the realms o' death.
Gang to yer bed like ither folk,
An' no' bide up till twal o'clock,
Thrang scriblin' at yer bits o' rhyme,
Ettlin' to catch big thochts sublime !
Yer wee bit gift, sae fain to show it,
An' mak' believe that ye're a poet.

Oh, that ye wad but exercise
Ance mair yer reason an' be wise—
Resolve to practice self-denial,
An' gie puir *me* anither trial ;
Rin oot an' breathe the caller air,
Hie to the fields, an' be ance mair
A laddie ; lea' the rest to me,
I'll bring ye roun' and that ye'll see !

PROSE READINGS.

GEORDIE TULLOCH'S DRINK O' SOOR DOOK.

TAMMAS TAIT, or Laird Tait, as the neighbours ca'd him, was a douce, weel-to-dae farmer, an' laird o' his ain bit farm till the bargain. His family consisted o' Eppie, his wife, and Jennie, his only dochter—a braw, weel-faured kimmer, and guid as she was bonnie. Geordie Tulloch was the servant-man, a strappin' youth, deft at the wark, and wi' a merry twinkle in his een that spak' o' mischief to the lassies, for it acted on their sensitive hearts like a flash o' electricity. Being clever at a' kinds o' farm wark, he was a great favourite wi' the laird, while his cheery disposition an' readiness to help endeared him alike to Jenny and her mither.

Weel, ae bonnie day aboot the end o' April, the laird and Geordie were thrang at the tattie-plantin', and the weather being unco warm for the season, the latter, feelin' somewhat thirsty, said he wad hae to rin doon to the burn an' tak' a waucht o' water.

"Na, na," quo' the laird, "ye'll dae nae sic thing, for it's jist leevin' wi' scurs an' powheids; but I'll tell ye what, jist rin yont to the hoose an' tell Jenny to

gie ye a guid drink o' soor dook, an' maybe a bite o'
oatcake to tak' the cauld air aff't."

"'Deed, laird," quo' Geordie, "I muckle fear Jenny
'ill be speirin' if it's no something o' the packman's
drouth that's fashin' me, but I'se gang an' see at ony-
rate."

Un entering the kitchen he found Jenny alone, and
busy at wark bakin' wheaten-meal scones; and, sud-
denly seized with the spirit o' mischief, instead o'
asking for a drink, he said—"Jenny, lass, ye'll nae
doot be surprised when I tell ye that I'm here by your
faither's orders to ask ye for a kiss."

"Oh, Geordie, Geordie!" quo' Jenny, her cheeks
crimsoning, "I'm sure my faither ne'er said sic a
thing."

"Weel, Jenny, an' ye dinna believe me, jist rin oot
yersel' an' speir at him."

Ere Geordie could prevent her, Jenny was out at
the door, and, seeing her faither in the distance, cried
at the top of her voice—"Faither, am I to gie him't?"

"Ay, gie him't, to be sure," responded the laird.
"An', fie, mak' haste, an' let him oot to his wark
again."

Jenny, wi' a puzzled air, retraced her steps to the
kitchen, though at a much slower pace than she had
left it, while her beating heart sent the glowing crim-
son once more to her cheeks.

"Weel," quo' the unabashed Geordie, "is't a'
richt?"

"Ay, sae it wad seem," quo' Jenny; "but for the
life o' me, I canna un'erstan't."

"Aweel, Jenny, lass, here's the explanation;" an', ere she could prevent him, he threw his arms around her and began to hug and kiss her in the most approved rustic fashion. Jenny, meanwhile, struggling to get free, gave an involuntary scream, which had the effect of bringing another character to witness the scene, and that no less a personage than Eppie, her mither. She happened at the time to be snoddin' up the ben-en', or parlour, and, hearing Jenny's half-suppressed scream, made for the kitchen in her noiseless list shoes, like a cat after a mouse. Taking in the situation at a glance, she startled the pair by a stern and no less significant "Ahem!" followed by "Ay, ay, bonnie-like on-gauns for folk wha hae their wark to attend to. Jenny, ye cutty! say what's the meanin' o' a' this?"

Geordie, by this time, had taken to his heels, or, in all likelihood, he would have been the first to come under the lash o' her tongue. Jenny, thus left alone to explain, told her the unvarnished truth, while with her floury hands she re-arranged her disordered locks.

"A gey likely story, truly," quo' Eppie. "Tammas Tait's no the man to gie ony sic orders, to the scandaleezin' o' his ain flesh an' bluid, an' mair especially to a servin' man. Na, na, ye needna tell me ony sic story; but yer faither 'ill sune be in for his twal hours, an' then we'll hear the richts an' the wrangs o't."

Tammas had hardly steeked the kitchen door behint him when Eppie yoked him by saying in rather peremptory tones:

"What for, guidman, did ye gang an' tell that fal-low Geordie to rin awa' in to the hoose an' ask a kiss frae Jenny there?"

"Ask a what?" quo' Tammas. "*Me* tell Geordie to gang an' dae ony sic thing! What pits sic non-sense i' yer heid, woman?"

To this Eppie replied by telling him the whole story of Geordie's delinquency.

"Weel," quo' the laird, "if that disna cowe the gowan! De'il be on his impidence to say ony sic thing; a' that I said was that he was to rin in to the hoose an' Jenny wad gie him a drink o' soor dook."

"A queer kin' o' soor dook," quo' Eppie, bitin' her lip to prevent lauchin' ootricht.

"An' as queer a kin' o' drouth," quo' Tammas, wi' a loud guffaw, in which his wife could not help joining.

"Hoot, toot, gudewife," quo' the laird, recovering his dignity, "it's nae lauchin' maitter, I can tell ye, an' it maun be put a stop to this very day, sae jist open ye the aumry, Jenny, an' han' me owre my cash-box." This peremptory order Jenny rather unwill-ingly executed, while Tammas, taking a small key from his watch chain, opened the box, and took out a roll of bank notes, saying as he carefully unfolded them—"The loon's fee is twal' pounds i' the hauf year, an' there it's ready for him. True, it wants maist a month yet to the term, but that's neither here nor there, an' the sunner we get redd o' him the better. Sae rin, Jenny, roun' to the hoose-en' an' let him ken that he's wanted, an' that this very meenit; dae ye hear?"

"But, faither," Jenny ventured to say, "ye're surely no gaun to pit the lad awa for sae sma' an affair? it was only fun on his part."

"Fun! sma' affair, lassie! dae ye imagine?—but be aft wi' ye at ance, an' hoy him in when I bid ye."

"But, faither," persisted Jenny, "a—a—I like him, an' wadna hae ye to pit him awa'."

"Oh, ye like him, dae ye? Weel, nae doot that alters the complexion of things—in your een at least, if no in mine—sae be aff, I tell ye, an' cry him in this very meenit."

Jenny saw there was no help for it, so with heavy step, and still heavier heart, she set out to obey the laird's orders. But when she got within sight o' Geordie, her heart was too full to speak, far less cry to him, so she waved her hand as a signal that he was wanted. Geordie saw, and understood at once that there was mischief a-brewing, and so made up his mind for the worst. When he entered the kitchen, and saw the laird sitting with his cash-box before him, and a number of bank notes in his hand, he knew at once that his fate was sealed, so with cap in hand, and without saying a word, he resolved to await his sentence.

"Geordie Tulloch," began Tammas, in his sententious way, "there's yer fee up till the term. It wants a month o' the time yet, but that's neither here nor there; it'll gie ye the mair time to look oot for anither place. I needna tell ye what for I hae been forced to tak' this disagreeable step, as yer ain conscience will hae dune that already, an' I wad fain hope that this will be something o' a lesson to ye in the time to come, an' be the means o' makin' ye a wee thocht mair discreet in yer conduct. Sae there's yer siller; coont it an' see that it's a' richt."

Geordie said nothing, but took the proffered notes, which he slowly counted over, and then casting a last, longing, lingering look on Jenny, he put on his cap, and was about to turn away when Tammas said—

"Stop! bide a wee. Ye hae been a guid an' faithfu' servant to me, Geordie, an' on that account I dinna want to be hard upon ye, sae, an' ye hae a min' to bide still, ye are welcome, but on this ae condition —namely, that ye tak' Jenny there an' mak' her yer wife. What say ye?"

Geordie, sadly dumbfoundered, looked at the roll of notes he held in his hand, then at Jenny, standing with her apron at her eyes; then throwing the notes at Tammas, he exclaimed—

"Hae, laird, tak' back yer siller, an' I'll tak' Jenny, wha is better than a thoosan' o' yer creeshy bank notes; that is, gin she will consent to tak' me. What say ye, Jenny, lass?"

Jenny was too much overcome to reply in words, but she took his proffered hand and returned its fervent pressure; then, ere she could prevent him, he threw his arms around her, gave her a hearty smack, and on releasing her said—"Mony thanks to ye, laird, for yer drink o' soor dook."

"Noo, noo, bairns," quo' Tammas, "seeing that maitter's settled an' dune wi,' be aff to yer wark, an' lea' the soor dook to a mair befitting occasion. What say ye, guidwife?"

"Jist this," quo' Eppie, "it's an' ill win' that blaws naebody guid; an', gin ye're a' pleased, sae am I."

Geordie an' Jenny were soon made man and wife, an' mair than happy in each other's love. And now that the auld folks hae gane to their rest, Geordie is noo Laird Tulloch, the faither o' a braw family o' sons and dochters, an' a thriving man to the bargain. And even yet, when he comes in frae the hairst or hay-field for a drink, Jenny, wi' a pawkie look, will say— "Is't to be soor dook, guidman?"

JANET AND THE MINISTER.

THERE'S mony a droll story tell't about ministers, an this is ane amang the lave. An' *true*, mind ye, for it happent no' a hunder mile frae oor parish, when I was a laddie. At that time my faither held the tack o' a big sheep farm ca'd the Mains. Some o' the servants were marrit, an' had bits o' cot hooses on the farm, while the shepherd an' his wife Janet leeved in a bit bothy awa' oot gude kens hoo far, in the very middle o' the muir. But when her guidman, Robin, was taen awa' in the coorse o' nature, Janet was alloot jist to bide still in the auld cot-hoose, while a mair com-modious ane was bigget for the new shepherd jist beside it.

Janet, leevin' sae far oot o' the warl', but seldom gaed to the kirk, but the parish minister, wi' ane o' his elders, paid her a visit aye ance i' the year. So on a memorable occasion, Janet being made aware o' their comin' had her bit hoose weel redd up, the kitchen-table spread wi' a snaw-white cover, which, forbye the precious auld-fashioned cups an' saucers, was weel heepit wi' new baked scones, new laid eggs, an' a sonsy print o' guid fresh butter.

The minister an' his favourite elder duly arrived, an' received a hearty Scotch welcome frae Janet, syne, at her biddin, sat doon, wi' weel sharpened appetites, to enjoy the homely meal she had prepared for them. Janet was far owre busy attendin' on them to think o' takin' onything hersel'; and she began to think it maybe as weel, considerin' the rapidity wi' which her heap o' scones was meltin' awa', while the braw print o' fresh butter had changed its shape frae a perfect circle to an oblong aboot twa inches across; for, ye see, the minister had been delvin' awa' at it on his side, while the elder, a puir hungry weaver, had been makin' fearfu' onslaughts on the ither, an' between the twa there wasna muckle o't left.

But as ilka thing has an en', so also had the eatin' capacity o' Janet's visitors; an' after crackin' awa' cheerily for some time, the minister, in his familiar manner, says,—" Noo, Janet, ance ye hae cleared awa' yer tea paraphernalia, we'll hae worship." " Gude-sake!" quo' Janet, " what's that ye say? Parafin ile! tea an' parafin ile? Weel, if there's the sma'est taste, or smell o' ony sic thing aboot what ye've been eatin', it's mair than I ken o'. Thae scones I bakit wi' my ain han's, thae eggs are o' my ain layin'—at least, o' my ain twa hens—an' that pun' o' butter—whatever it may be noo—was ance as bonnie a print o' butter

as e'er cam oot o' the dairy o' Mains. Parafin ile,
truly! 'Tweel I saw na muckle signs o't sae lang's
ye were at it, but, nae doot, eatin' tak's awa' ane's
appetite." His reverence tried, but in vain, to put in
a word o' remonstrance, an' explain his meanin', sae
great was Janet's flow o' eloquence in defence o' her
hoose-keepin'. At length he managed to say,—" My
dear Janet, you have quite misunderstood the word I
used. I said para-pher-nalia." " Parafin-yill-ye-a.
Oh, I see, that'll be some new kin' o' drink? But
be what it may, we hae nane o't here; an' as for
whisky, I never could keep it i' the hoose for oor
Robin; for as lang as he kent there was a drap left i'
the bottle, he was sure to hae a grip o' the colic, or
something the maiter wi' his macheenery. But
speakin' o' parafin yill, sir, reminds me o' a bit droll
story I heard no lang sin'syne aboot yin o' yer ain
claith, too—for ministers are no perfect, ony mair than
puir cottar folks. Weel, ye see, the reverend gentle-
man liked his dram, an' his wife, carefu' woman,
kennin' his failin', keepit the whisky bottle locked
awa' oot o' his reach. Sae ae day he fand himsel'
sairly in want o' a toothfu', jist to help him on wi' his
studies, so he said to the wife, that as he wasna
a' thegither weel, he wad gae oot an' tak' a bit turn in
the fresh air, to see if it wad revive him a wee. But
instead o' takin' a walk he marched straight to the
hoose o' a maiden leddy wha was a member o' his flock,
an' wha—as he brawly kent—ne'er wantit for a drap
guid whisky or brandy in her awmry. Weel, as
usual, he pretendit to be a' oot o' sorts, an' she, dacent

woman, oot o' sympathy and kindness, proffert him
a wee drap o' the best.   To this he made nae
objections, but kindly thanked her, while she—the
hoose bein' somewhat dark—graipit in the press for
the bottle, frae whilk she filled up a brimmin' bumper,
an' haun't owre to him, an', withoot sayin' as muckle
as 'Here's to ye,' it was owre his throat like winkin'.
But to her surprise, instead o' handin' her back the
gless wi' a word o' thanks, he flung it intae the asehole,
an', jumpin' to his feet, cried,—'Rin for the doctor!
I'm puzhant, I'm puzhant!' an', haudin' his stamack,
he had sic a fit o' bockin' an' vomitin', while the smell
o' parafin ile was jist awfu'.   For, ye see, in the dark
she had grippit the wrang bottle, and there he stood,
puir man! haudin' his stamack, an'—I'll no say swearin'
—an' what a blessin' there wasna a lichtit match near
at han', or it micht hae kin'lt his breath, an' made
him—for ance—a burnin' an' a shinin' licht!'"

The minister an' elder laughed heartily at Janet's
story, an' efter twa-three words o' benediction, bade
fareweel to their faceeshious hostess.   Janet tauld me
the above story hersel', to which she added what
follows, by way o' conclusion.   Ae Sunday, no lang
after, she thocht it her duty to gang to the kirk, but
being rather late in startin' she arrived jist as the
minister was readin' the chapter.   He paused as Janet
took her seat, an' fixin' his e'e upon her, continued
solemnly,—"How many basketsful of fragments took
ye up?"   Wi' a flash o' painful remembrance Janet's
grievances recurred to her mind, an' it was a' she could
dae to keep frae sayin' aloud,—"Weel, sir, I dinna

ken, but an' the seven thoosan' were a' like you an' yer hungry elder, the baskets wadna hae been very ill to carry."

SPLITTIN' THE DIFFERENCE.

LAIRD Lammont o' that ilk, an' his son Jock, were, in some respects, the very opposite o' ane anither. The laird was naething o' a farmer, but a great devourer o' books, an' mair especially novels and Church history. Even in the thrang o' harvest he cudna sit doon tae his dinner withoot his book; and instead o' rushing oot tae the wark as sune's the grace was said, like ony ither douce, weel-daein farmer, he jist sat still an' read an' read till his wife was forced tae rive the hatefu' book oot o' his haun.

Jock, his son, on the ither haun, kent naething aboot books, an' cared as little; his hale thochts being taen up wi' the farm an' its operations, so that what he wanted in wit, he made up for in wark. Some o' the ill-speakin' neebors alloo'd that Jock had a slate aff his riggin', but I dinna think there was muckle wrang wi' him in that direction. Nae doot, there were problems conneckit wi' the affairs o' the farm that puzzled him sair at times, but wi' the help o' his faither, the laird, he aye managed to solve them somehoo.

But the king o' a' problems presented itsel' at last in the shape o' a rakin' jaud o' a coo that wadna settle to the pasture like ony ither beast, but gaed raikin' and baikin' here-awa' there-awa', an' that maistly in

N

the direction o' the growin' corn, tatties, or turnips. She wud eat onything but grass, a bit o' an auld leather shae or dirty cloot, when naething better was to be had. This jaud o' a beast was a real trouble to Jock, for the lave o' the kye a' followed her whaurever she had the mind to lead. An' sae Jock, at last, had to seek the advice o' his faither. He found him in the kitchen, as usual, and deep in the "Heart o' Mid-lothian," the which tale had just made its appearance, and was rousin' quite a furor' in the reading public.

"Od, faither," quo' Jock, "what's to be dune wi' that limmer o' a coo—Fleckie? I declare they'll sune no hae ae stalk o' corn left, she's sic a beast for raikin' an' a' ither mischief; an', what's waur, the lave o' the kye will sune be as bad's hersel', for whaur she gangs they are sure to follow."

"Weel, Jock," quo' the laird, "to gang to the ruit o' the maitter, Fleckie, puir thing, is troubled wi' a greedy e'e."

"Twa o' them," quo' Jock.

"Weel, twa o' them, as ye say;—noo, the fac' is, as lang as she has the unleemitit use o' twa greedy een, jist sae lang will she continue to raik an' rin' an' dae a' kinds o' mischief, sae we'll either hae to pit oot her een, or in some way contrive to deprive her o' the use o' them."

"Weel, faither," quo' Jock, "I wadna be jist sae cruel, but hoo wad it dae to bandage them?"

"The very thing!" exclaimed the laird, eager to get back to his book, "awa' ye gang an' try the ex periment, at onyrate." So Jock, wi' the help o' the servant lass, got Fleckie's head sewed up in a bit o' an auld seck, wi' the exception o' her mouth an' nose sae as to enable her to eat an' get breath. But the result o' the experiment was anything but satisfactory, for, though it kept Fleckie frae rinnin' to the corn, it didna hinner her frae tumblin' owre tree-rungs an' boulders, as weel as fa'in' into water holes an' sheuchs, to the no sma' danger o' life an' limb, so that Jock had to apply ance mair to his faither for advice. " Dae ye ken, faither, I'm fairly at my wit's en' wi' that jaud o' a coo; she'll break her legs, as sure's death, if I dinna tak' the bandage aff her een; an' gin I dae tak' it aff I ken brawly it'll jist be the auld thing owre again, sae what's to be dune ava ? "

The laird, wha happened to be at a very interestin' part o' the book he was readin', said—"Hoots awa, man, an' never fash your heid !—or stay, I'll tell ye what ye'll dae, Jock, jist split the difference."

"Split the difference ! " quo' Jock, "the best thing to split wad be her thrawin' heid, the auld limmer."

"Weel, ony way ye like," quo' the laird, "but steep yer brains, man, for ance, an' let's see what ye'll mak' o't."

"Split the difference," muttered Jock to himsel', as he turned awa'; "aye, but hoo to dae't, that's the question." A' that day till bed-time, an' after he lay doon, he thocht it owre; then he fell asleep, an' even then it wadna gie him rest, but haunted him in his dreams till far on in the mornin', when he started frae his slumbers, joyously exclaiming, "I see't, I see't ! " Then he made for the kitchen, where the laird was busy suppin' a cogfu' o' sweet milk brose.

"Hurrah! faither," cried he, "I've found it oot!"

"Found oot what? ye gowk!"

"Hoo to split the difference, faither."

"Oh, that's aboot the coo, ye mean; aweel, my son, let's hear hoo ye've hit it."

"Weel, faither," quo' Jock, "I hae made the discovery—na, dae ye ken, it cam' into my heid jist like a flash o' lichtnin' this mornin'—that instead o' takin' the cloot aff the coo's een, a' that's needed is to snick oot a wee bit hole richt farnent ilka e'e, an' sae prevent the puir brute frae breakin' her legs owre sticks an' stanes.

"Od, Jock," quo' the laird, wi' a droll look on his face, "thoo's a genius, after a', ye see what steepin' anes brains does; od, I think we'll hae to sen' ye aff to the college to get lear, an' when ye come back yer heid 'll be sae swall'd wi' knowledge that ye'll be obleeged to put on yer bonnet wi' a shaehorn."

Jock, in high favour wi' himsel', ran oot to the park, an' wi' a pair o' shears sune restored to Fleckie the use o' her een, who, to mark her gratefu' sense o' the obligation, made straight for the nearest corn field, closely followed by all the other inmates o' the byre, while Jock in despair ran in to his faither, wha was stanin' at the kitchen window watchin' the result o' Jock's experiment, an' lauchin' like to split his sides.

"It'll no dae, faither," quo' Jock, ruefully, "splittin' the difference 'll no dae!"

"No, Jock," quo' the laird, "there's nae cure but ane for the cratur, an' that's to fatten her up, an' lea' the splittin' business to Jock Gibson, the flesher."

RECENTLY PUBLISHED,

#

By JAMES and ELLEN NICHOLSON.

Handsome Cloth Boards, 3s. ; Gilt Edges, 3s. 6d.

LONDON : HAMILTON, ADAMS & CO., PATERNOSTER ROW.
GLASGOW : JAMES M'GEACHY, UNION STREET.

OPINIONS OF THE PRESS.

FEW among our minor Scottish singers "warble their native wood-notes wild" more musically than James Nicholson of Glasgow. Of the Poems embraced in the collection to which Mr. Nicholson and his daughter have jointly contributed, a number have already taken the place which they thoroughly deserve to occupy in the affections of the public, and the lyrics that see the light for the first time will not be the less welcome because they are accompanied by these old favourites. The warm love of nature, the delicacy and often the elevation of feeling, and the manly spirit that breathes in these verses, would entitle them to notice even were they clothed in a rough homely garb. But in most of them we find, also, a grace, a refinement, and an aptness of expression, which the author's humble origin and scanty opportunities of study would scarcely lead us to expect. "The Herd Laddie,"—the longest poem in the collection—"Auld Barnock," "The Burnie," "Mosses in Winter," and "Little February," are examples of his close and sympathetic study of nature, and his success in interpreting its moods ; while of "fireside lyrics," blending tenderness and humour, few better specimens could be given than the "Auld Farrant Wean, the "Dautit Wee Wean," the "Cosy Bit Hame," "Oor Wee Kate," and perhaps best of all, "Jenny wi' the Lang Pock." Broader in their effects are such pieces as the "Cauld East Wind," "Im-hm," and the capital sketches entitled, "The Gaiters," and the "First Soiree ;" but, at its broadest, Mr. Nicholson's humour never degenerates into vulgarity. Miss Nicholson, the original, apparently, of the "Auld Farrant Wean," has inherited no small portion of her father's lyrical talent, and "Wee

Feetikins," for example, is not excelled in pathos by anything in the book.—*Scotsman.*

Poets have handed on their powers to their daughters. "Barry Cornwall" had the delight of reading the verses of Adelaide Proctor with all a father's pride; but the poet and the poetess never united in sending forth to the world a volume of their joint composition, as Mr. and Miss Nicholson have lately done. The father, we believe, has already attained some poetic reputation, and has, at any rate, succeeded in winning praise and congratulation from his fellow-countryman, Thomas Carlyle. Indeed, many of his poems dealing with Scotch life and character are admirable, and full of quiet but effective fun. There is one capital poem on the well-known Scotch "Im-hm," which has perplexed, amused, and irritated many a "Saxon"; and "Wee Kate" and the "Gaiters" are nearly as good. Mr. Nicholson seems to be a botanist, too; and elsewhere, in some graceful and pretty verses, he gives us a most pleasant description of favourite wild flowers. But the father will readily forgive us if, somewhat neglecting his poems, we at once pass to those of his daughter; to whom, in some pathetic lines, he resigns his gift of song. She has, in some of her simpler pieces, such as "Baby Marion," been most successful; but as yet she seems hardly to have discovered her true themes. One faculty, too often denied to women, is hers—a true sense of humour, which makes itself felt more than once in her verses, and especially in the last stanza of "The Artist's Pet Picture."—*Literary World.*

Miss Nicholson, while showing herself less intimate with the nature of the hillside, the burnbank, and the dell, seems more familiar with sea-coast scenery, and possessed of a stronger bent for metaphysical dissection. Her verse is more evenly balanced, and is far freer of incidental defects, while the genius bequeathed seems, when at its highest, not below the best mark of her father.—*Shields Daily Standard.*

The characteristics of James Nicholson's poetry are a certain homely shrewdness, expressed often in the happiest Scotch, a disposition to look on the bright or the humorous side of things, descriptive power of no mean order. These qualities, coupled with that nameless charm which every now and then lights up a line or turns a period and makes the reader feel that here are singers who have something to say, and who can say it, combine to make this little book a treasure. There is nothing finer in all the literature of childhood than "Jenny wi' the Lang Pock," and it is not an exceptional specimen of James Nicholson's power.—*Shields Daily Gazette.*

believing it to be one made by a rival tradesman to the farmer for who
he was "whipping the cat," the conversation of the "Clock an
the Bellows," and "Oor Wee Kate," are evidences.—*N. B. Daily Mai*

We hesitate not to say that, since the days of Burns and Macneil, n
one has so well caught, and so forcibly expressed, the subtle homel
pathos of lowly domestic life, as has the author of "Kilwuddie, an
other Poems."—*Montrose Standard.*

"Im-hm" is worthy of Burns.   Had Nicholson penned nothing bu
this, it would have entitled him to a place amongst our humorous poet:
It is such a poem as Goldsmith would have loved to read, and whicl
had Douglas Jerrold been alive, would have obtained a larger share c
public notice for the writer. . . .   James Nicholson is one of thos
to whom is given a glorious mission, and the spirit of his verses prov
that it will not be sacrificed by him on the altar of popular prejudic
Pure and simple in his style, truthful and eloquent in his language, an
earnest in his thoughts—he is a true poet of the people, one whos
utterances must sooner or later sink into their hearts and teach them t
bless his memory.—*National Magazine.*

James Nicholson is one of those few poets from whose lips the Dori
flows with much of the sweetness, and a great deal of the force, whic
characterised the language in the days of Burns.—*Elgin and Morayshir
Courier.*

Pawkie humour, that quality so largely developed in the Scottis
character, and particularly so in the genuine Scottish minstrel, is pos
sessed in no stinted measure by Nicholson.—*Ayrshire Express.*

In the lowliness of his birth, in the struggles and disadvantages of hi
youth, in the persevering and independent spirit with which he over
came all adverse circumstances, and in the excellent use he has mad
of his opportunities and talents, James Nicholson is entitled to be henc
forth honourably named with the Nichols, the Bethunes, and othe
humble sons of genius of whom Scotland has such just reason to b
proud.—*Scotsman.*

The touch of genius is upon every page of this little book ["Fathe
Fernie"].   It is difficult to say whether the charm of the story, th
poems, or the botanical conversations, is the greatest.   James Nicholso
is one of the peasant poets of Scotland, entitled to sing with the best c
her minor minstrels.   An exquisite fancy, a rich imagination, a quain
humour, and a tenderness as manly as it is touching, give a magic t
his pen.   It is not often that elementary science is clothed in such a
attractive garb.—*British Quarterly.*

—————

The above may be had from JAMES M'GEACHY, 89 Unio
Street, Glasgow.